Impressum:

Alle weiteren Personen und Handlungen des Buches sind frei erfunden.
Ähnlichkeiten mit lebenden oder verstorbenen Personen sind
zufällig und nicht beabsichtigt.

Besuchen Sie uns im Internet:
www.herzsprung-verlag.de
www.papierfresserchen.de

© 2023 Herzsprung-Verlag GbR
Mühlstraße 10, D- 88085 Langenargen
info@papierfresserchen.de
Alle Rechte vorbehalten.
Erstauflage 2023

Cover gestaltet mit einem Bild von © Polarpx – lizenziert by Adobe Stock

Bearbeitung: CAT creativ - www.cat-creativ.at

Druck: Bookpress / Polen

ISBN: 978-3-96074-720-8 - Taschenbuch
ISBN: 978-3-96074-721-5- E-Book

Klara
Wie geht es weiter?

ROMAN

Petra Kania

Herzsprung-Verlag

Klara
Wie geht es weiter?

Mein Vater war bei meiner Geburt enttäuscht, da er sich einen Jungen gewünscht hatte. Meine Mutter hingegen war glücklich, dass ich ein Mädchen war, und sie setzte alles daran, ein richtiges Mädchen aus mir zu machen. Heute würde ich sagen, dass sie besser eine Barbiepuppe geboren hätte.

Ich jedenfalls versuchte, alles zu tun, um die Liebe meines Vaters zu gewinnen. Er war mein Vorbild. Wenn er in der Garage an seinem Motorrad bastelte, war ich an seiner Seite. Und als er mein Talent zum Fußballspielen erkannte, da blühte er auf. „Eigentlich bist du doch ein Junge!" Das war für mich das schönste Kompliment, denn ich wollte nichts lieber als ein Junge sein. Meine Eltern gerieten deswegen ständig in Streitereien. Meine Mutter startete immer wieder Versuche, mir ein Kleid und Lackschuhe schmackhaft zu machen, aber ich fühlte mich in meiner Jeans und den ausgetretenen Turnschuhen wohl. Als ich mir dann heimlich selbst meine langen Haare abschnitt, gab mich meine Mutter endlich auf. Von nun an konnte ich machen, was ich wollte. Es kümmerte sie nicht mehr. Während die Mädchen in meiner Straße draußen Gummitwist spielten, streifte ich mit den Jungen durch den nahe gelegenen Wald, wo wir Cowboy und Indianer spielten. Ich ließ dabei keine Rauferei aus. Dann wurde meine Mutter wieder schwanger, brachte endlich ihr heiß geliebtes Mädchen zur Welt, das sie wie mich damals in Rosa bettete und kleidete. Und Marie genoss es, die kleine Prinzessin zu sein. Meine Mutter war glücklich und ein Jahr später wurde sie wieder schwanger. Ungewollt, wie ich hörte, wenn sich meine Eltern am Abend stritten und Vater dann wütend auf sein Motorrad stieg und davonbrauste. Diesmal kam ein Junge zur Welt und von dem Tag an war ich für meinen Vater nur noch ein Mädchen. Je älter mein Bruder Leon wurde, umso mehr verlor ich die Liebe und Aufmerksamkeit meines Vaters. Meine Mutter äußerte sich nur abwertend über mein Aussehen und mein Verhalten. Ich war schlampig, trampelig, also genau das Gegenteil von meiner zierlichen Schwester Marie.

Zuflucht suchte ich bei meiner Oma, sie verteidigte mich stets. „Lasst das Kind doch in Ruhe. Sie ist, wie sie ist!"

***

Das erste Mal, als ich spürte, dass ich mich zu Frauen hingezogen fühlte, war, als wir eine neue Englischlehrerin bekamen. Sie schlug uns vor, dass wir uns alle englische Vornamen geben sollten. Natürlich Mädchennamen, da wir eine reine Mädchenklasse waren.

„Now, Klara, tell me your name."

Ich schluckte und wurde rot, denn ich wollte keinen Mädchennamen. „My name is George."

Verhalten fingen einige der Mädchen an zu kichern.

„Das ist doch ein Jungenname!", flüsterte meine Banknachbarin Karin, die jetzt Jane hieß.

Frau Diedrich zog verwundert die Augenbrauen hoch und ich rechnete damit, dass sie mich jetzt auffordern würde, einen anderen Namen zu nehmen. Meine Hände zitterten und ich senkte meinen Kopf, das war einfach nur peinlich, wie war ich nur auf so eine dumme Idee gekommen, mich George zu nennen.

„It's okay, I like your name", hörte ich Frau Diedrich sagen und schon wandte sie sich einem anderen Mädchen zu.

Von da an himmelte ich Frau Diedrich an. Egal, was die anderen Mädchen zu meckern hatten, ich nahm sie stets in Schutz und lernte eifrig für den Englischunterricht. Wenn mich Frau Diedrich anlächelte, schlug mein Herz wie wild und ich schaute verlegen zur Seite. Nachts träumte ich von ihr und während ich meinen Körper streichelte, stellte ich mir vor, dass es ihre Hände wären.

Natürlich merkten die anderen, dass ich Frau Diedrich gerne hatte und es dauerte nicht lange, da stand eines Tages auf der Tafel: *Klara liebt Frau Diedrich*. Daneben hatte jemand Kussmünder und Herzen gemalt. Wütend nahm ich den Schwamm und wischte die Tafel ab.

„Warum wirst du denn rot!", stichelte Tanja, die ganz vorne saß und bestimmt diejenige war, die die anderen dazu angestiftet hatte.

„Lass mich in Ruhe!", zischte ich, aber Tanja machte munter weiter.

„Oh, wie ich sie liebe, Frau Diedrich I love you so! Kiss me, darling!" Die Klasse brüllte vor Lachen über Tanjas Showeinlage.

„Halt die Klappe!" Wütend schmiss ich den nassen Schwamm, der eigentlich Tanjas Gesicht treffen sollte, aber nur auf ihrem Tisch landete.

„Die Arme, warum regst du dich denn so auf? Soll ich Frau Diedrich holen, damit sie dich tröstet?"

Ich stand jetzt vor Tanja, die mich grinsend ansah, und schubste sie gegen ihren Stuhl. Tanja konnte sich gerade noch an dem Tisch festhalten, um nicht zu fallen.

„Fass mich nicht noch einmal an, du Lesbe!", schrie Tanja und die anderen in der Klasse klatschten Beifall.

„Nimm das sofort zurück!" Ich packte Tanja an ihren Armen und stieß sie mit aller Wucht, sodass sie das Gleichgewicht verlor und krachend auf den Boden fiel. Dass sie dabei mit dem Kopf auf eine der Tischkanten stieß, hatte ich wirklich nicht gewollt. Jammernd saß Tanja nun auf dem Boden und tastete ihren Kopf ab. Tatsächlich zeigten sich Blutspuren auf ihrer Hand.

„Das wollte ich nicht", stotterte ich und wollte Tanja aufhelfen. Aber die anderen Mädchen ließen das nicht zu.

„Bist du bescheuert!", brüllte mich Tanjas beste Freundin Susanne an. „Du hast sie ja wirklich nicht mehr alle!"

Genau in diesem Moment ging die Tür auf und Frau Diedrich erschien. „Was ist denn hier passiert?" Sie blickte zu Tanja, die nun gestützt von ihren Freundinnen herzergreifend schluchzte. „Bist du verletzt?"

„Frau Diedrich, Tanja blutet. Das war Karla. Sie ist einfach auf Tanja los und hat sie zu Boden gestoßen", berichtete Susanne und die anderen Mädchen bestätigten dies durch gemurmelte Zustimmung.

Frau Diedrich sah mich an und ich glaubte, im Boden versinken zu müssen. Ich konnte ihr doch nicht sagen, was passiert war.

„Susanne und Birgit, ihr bringt Tanja bitte in den Sanitätsraum. Ich komme gleich nach und werde Tanjas Eltern anrufen, damit sie sie abholen."

Triumphierend, wie es mir schien, zogen die drei Freundinnen davon. Ich stand immer noch wie versteinert da.

„Karla, stimmt das, was Susanne gesagt hat? Hast du Tanja auf den Boden gestoßen?" Alle Freundlichkeit war aus der Stimme von Frau D verschwunden.

Ich konnte nur nicken, während mir Tränen in den Augen traten.

„Das hätte ich nicht von dir gedacht. Ich bin enttäuscht. Du kommst jetzt mit zu Frau M.. Und ihr", sagte sie an den Rest der Klasse gewandt, „setzt euch auf eure Plätze und übersetzt das Kapitel sieben in eurem Englischbuch." Auf dem Weg zu dem Direktorat sprach Frau Diedrich kein Wort und schaute mich auch nicht an.

Natürlich wurden meine Eltern darüber informiert, was sich an der Schule ereignet hatte. Meine Mutter kam, da ich für diesen Tag vom Unterricht ausgeschlossen wurde.

„Deine Tochter!", wetterte meine Mutter, als mein Vater von der Arbeit zu Hause eintraf. „Sie hat eine andere Schülerin blutig geschlagen! Das ist deine Erziehung, du wolltest ja unbedingt, dass sie wie ein Junge ist!" Ich hatte mich in mein Zimmer verzogen, lauschte aber, als meine Eltern nun heftig miteinander stritten, wer daran schuld sei, dass ich ein brutaler Schläger geworden war. Wie immer endete der Streit damit, dass mein Vater auf sein Motorrad stieg und davonfuhr. Meine Mutter verhängte Stubenarrest und essen musste ich alleine auf meinem Zimmer. Wie dumm von ihr, denn ich blieb ohnehin lieber alleine. Meine Geschwister waren noch zu klein, um zu verstehen, warum ich nicht zum Essen runterkommen durfte. Meine Mutter redete ihnen ein, dass ich böse gewesen und dass das ansteckend sei. Wie konnte sie Kindern nur solche Märchen erzählen? Leon war gerade mal fünf Jahre und Marie sechs Jahre alt.

Nur um zur Schule zu kommen, verließ ich das Haus, aber dort erwarteten mich nur die Schikanen meiner Klassenkameradinnen. Aus meinem Fahrradreifen war ständig die Luft rausgelassen, auf meinen Rücken klebten sie mit Vorliebe Zettel, ohne dass ich es merkte. Erst wenn ich aus dem Klassenzimmer kam und andere Schüler auf mich zeigten und sich über mich lustig machten, merkte ich es.

Ich bin eine Lesbe! Ich ficke Frauen!

Das waren nur zwei dieser Botschaften, mit denen sie mich abstraften. Auch in meine Hefte schmierten sie Botschaften. Schlimm war es, wenn wir in den Umkleideraum zur Sporthalle mussten. Dann hatte Tanja immer ihren Auftritt.

„Oh mein Gott. Hoffentlich fällt Klara jetzt nicht über mich her. Wie sie uns anstiert." Die anderen Mädchen machten den Spaß mit und taten so, als wenn sie sich gegenseitig küssen würden. Ich versuchte, das alles zu ignorieren, nur merkte ich, wie mich deren Verhalten verletzte, und nur mühsam konnte ich mich zusammenreißen, um nicht loszuheulen.

In den Englischstunden vergrub ich mich auf meinem Platz, vermied es, Frau Diedrich ins Gesicht zu schauen, dabei liebte ich sie immer noch, aber mir fehlte der Mut, ihr offen zu begegnen. So kam es, dass meine Leistungen rapide bergab gingen. Als die letzte Arbeit ausgeteilt wurde, hatte ich eine glatte Fünf.

Die Schulklingel ertönte und kündigte das Ende der Stunde an. Schnell leerte sich der Klassenraum und auch ich wollte so schnell wie möglich an dem Pult vorbei nach draußen, aber Frau D hielt mich zurück.

„Klara, bleib bitte hier, ich möchte mit dir sprechen!"

Mein Herz schlug bis zum Hals. Ich glaubte, jeden Moment umzukippen zu müssen.

„Was ist eigentlich mit dir los in letzter Zeit? Du machst im Unterricht nicht mehr mit, deine schriftlichen Arbeiten sind ebenfalls miserabel und von Kollegen habe ich gehört, dass dies nicht nur in meinem Fach so ist." Ich spürte, dass Frau Diedrich versuchte, mit ihren Blicken in mich hineinzusehen. Doch ich schaffte es nicht, den Kopf zu heben und sie anzusehen. Sollte ich ihr etwa sagen, dass ich sie liebte? Wie würde sie auf mein Geständnis reagieren? Ich wollte nur noch weg. Mein Mund war so trocken, dass ich keinen Laut von mir geben konnte. Und wenn sie mich jetzt in die Arme nehmen würde …?

Natürlich tat sie das nicht. Da ich stumm vor ihr stehen blieb, gab sie wohl auf und meinte nur, dass sie erwarten würde, dass ich mich wieder anstrengen würde. Ansonsten sehe sie meine Versetzung gefährdet. „Dann kannst du jetzt gehen!", endete Frau Diedrich unsere Unterhaltung, drehte sich von mir weg und begann, ihre Aktentasche zu packen.

Ich stürzte aus dem Klassenraum, rannte aus dem Schulgebäude runter in den Fahrradkeller. Tränen rannen meine Wangen herunter. Alles hatte ich vermasselt. Jetzt war ich nicht nur bei den Schülern, sondern auch bei Frau Diedrich unten durch.

Von diesem Tag an begann ich, die Schule zu schwänzen. Ich hätte es nicht ertragen, den spöttischen Blicken meiner Klassenkameraden ausgesetzt zu sein, geschweige denn Frau Diedrich gegenüberzutreten.

Es war nur eine Frage der Zeit, bis die Schule meine Eltern über mein Fehlen informierte. Trotz aller Drohungen weigerte ich mich, in den Klassenraum zurückzukehren.

„Dann kommst du eben in ein Heim!", wetterte meine Mutter. Allerdings wäre meinen Eltern dies viel zu blamabel gegenüber Nachbarn und Verwandten gewesen, hätte dies doch besagt, dass sie in der Erziehung versagt hätten. Also entschieden sie sich, mich in ein Internat zu stecken. Da würde ich sicherlich Disziplin und anständiges Verhalten lernen. Das Geld dafür gaben sie gerne aus. Insgeheim waren sie sicherlich froh, so die Verantwortung für mich abgeben zu können und mich los zu sein.

Meine Oma versuchte vergeblich, meine Eltern umzustimmen, und auch die Bitten meiner Geschwister verliefen im Sand. Schließlich wurde ich weit weg, in einem anderen Bundesland, in einem kirchlichen Mädcheninternat angemeldet.

***

Obwohl der Tagesablauf dort streng durchorganisiert war, lebte ich mich schnell ein. Eigentlich ging es mir hier besser als zu Hause. Mit drei anderen Mädchen teilte ich das Zimmer und wir kamen gut miteinander aus. Ich freundete mich enger mit Lena an. Wir saßen in der dem Internat angeschlossenen Schule zusammen, und auch die andere Zeit verbrachten wir gemeinsam. Sie teilte meine Leidenschaft für Fußball. Deshalb zogen wir meist in Trainingsanzügen herum, die denen unserer Lieblingsvereine entsprachen. Lena stand allerdings völlig auf Männer und so hatte ich ihr bisher verschwiegen, warum ich die Schule geschwänzt hatte. Ich hatte Angst vor ihrer Reaktion. Bisher war es kein Problem, wenn wir abends uns zusammen in mein Bett legten und alberten. Wie sollte ich Lena klarmachen, dass ich sie mochte, aber natürlich nur als Freundin. Ich war nicht in sie verliebt.

Dann geschah es, dass unsere Erzieherin eines Abends, nachdem das Licht ausgeschaltet war, plötzlich in unserem Zimmer erschien. Ich weiß nicht, ob sie unser Gekicher gehört oder ob eines der anderen Mädchen uns verpetzt hatte. „Sofort verschwindest du in dein Bett, Lena!", schrie Frau Hannen, „solche Schweinereien dulde ich nicht in meinem Haus!"

Lena war ebenso erschrocken wie ich und huschte vorbei an der wild gestikulierenden Frau Hannen in ihr Bett.

„Wenn ich euch noch einmal dabei erwische, dann …!" Was dann geschehen würde, verriet sie nicht, knallte stattdessen die Zimmertür zu. Aus dem Bett von Martina hörte ich unterdrücktes Kichern.

„Findest du das etwa lustig!", schnauzte ich.

„Warum hat die sich so aufgeregt? Was meinte die mit *so was dulde ich nicht in meinem Haus?*", fragte Lena leise aus ihrer Ecke heraus.

Bevor ich mir eine Antwort zurechtgelegt hatte, schlug Martina in voller Boshaftigkeit zu. „Bist du so naiv, Lena? Die Bitch", so nannten wir Frau Hannen insgeheim, „hält euch für ein Liebespaar, das unter der Bettdecke lesbische Schweinereien treibt."

Ich konnte mich nicht mehr beherrschen und schleuderte mein Kopfkissen in Richtung Martina. „Halt endlich deine Klappe!"

„Könnt ihr nicht aufhören, ich will schlafen!", brummte Sabine, die sich bisher aus allem rausgehalten hatte.

„Wir sind doch nur Freundinnen!", verteidigte sich Lena, die sich mittlerweile aufrecht in ihr Bett gesetzt hatte.

„Na und. Deswegen könnt ihr doch trotzdem lesbisch sein!", konterte Martina und schmiss mein Kopfkissen in meine Richtung. Allerdings landete es auf dem Boden.

„Ich liebe Jungen", beteuerte Lena. Ihre Stimme hatte nun einen leicht weinerlichen Klang. „Und Klara auch. Sie ist doch in Gigi Buffon verknallt!"

„Hör nicht darauf, was Martina sagt, Lena. Sie ist einfach eine selten blöde Tussi!" Ich konnte nur hoffen, dass Martina jetzt Ruhe geben würde.

„Ach, du bist selber bescheuert, du blöde Lesbe!" Das waren vorerst die letzten Worte von Martina, danach wurde das Zimmer von einer seltsamen Stille erfüllt.

Ich lag noch lange wach, wälzte mich in meinem Bett hin und her und ahnte, dass dieser Abend nicht ohne Folgen bleiben würde.

Am nächsten Morgen versuchten wir, uns so wie immer zu geben, aber innerlich spürte wohl jede von uns in dem Zimmer, dass es seit der letzten Nacht anders war. Ich vermied jeden Körperkontakt mit Lena, ich konnte sie einfach nicht mehr zwanglos berühren. Auch Lena blieb auf Abstand, verlor aber kein Wort darüber, was passiert war. Mein Magen krampfte sich schmerzhaft zusammen. Hatte ich Lena als Freundin verloren? Sollte ich sie ansprechen, aber das wagte ich nicht. Das Frühstück schien an diesem Tag kein Ende nehmen zu wollen. Die zwölf anderen Mädchen aus unserer Gruppe schwatzten fröhlich miteinander, während Lena und ich kaum einen Bissen herunterbrachten. Am meisten ärgerte mich das dämliche Gesicht von Martina. Sie saß gegenüber von Lena und mir und während sie mich mit verachtenden Blicken strafte, lächelte sie Lena süffisant zu.

Nach der Schule hielt mich Frau Hannen zurück, bevor ich die Stufen hinauf zu unserem Zimmer laufen konnte. „Halt, du bleibst noch, hier!"

Lena, die zusammen mit mir die Schule verlassen hatte, blieb kurz auf der untersten Treppenstufe stehen und drehte sich fragend zu der Erzieherin um.

„Lena, du kannst nach oben gehen. Klara, du kommst mit mir zu Frau W." Ohne weitere Erklärungen ging Frau Hannen los und ich trottete hinterher. Um es kurz zu machen, die Pädagogen hatten beschlossen, dass ich in eine andere Gruppe umziehen musste. Weg von Lena, da ich als die Verführerin galt, auch wenn mir das natürlich nicht so gesagt wurde. Vielleicht sollte der Umzug auch nur dazu dienen, dass Lena und ich uns positiv weiterentwickeln konnten.

So kam ich in eine andere Gruppe und in ein neues Viererzimmer. Die drei Mädchen dort waren alle zwei Jahre älter als ich und sollten ein Auge auf mich halten, wie sie mir am ersten Abend verrieten. Reines Wunschdenken der Pädagogen, denn diese sechzehnjährigen Mädchen hatten anderes im Kopf, als auf mich aufzupassen. Natürlich hatten Lena und ich uns ewige Treue geschworen, trotz der erzwungenen räumlichen Trennung. Immerhin sahen wir uns täglich in der Schule und saßen vorerst im Klassenraum weiter nebeneinander, bis ich eines Morgens in die Klasse kam und auf Lenas Platz die dicke Gabi saß. Gabi, neben der eigentlich niemand sitzen wollte. Sie war nicht nur fett, sie stank und sie petzte. Ich hatte an dem Morgen rumgetrödelt und kam gerade noch vor unserer Mathematiklehrerin in die Klasse, die mich aufforderte, mich sofort hinzusetzen. Die dicke Gabi machte keinerlei Anstrengungen, mir etwas zu erklären. Sie tat gerade so, als wäre ich nicht vorhanden. Ich drehte mich um und entdeckte Lena, die jetzt zwei Reihen schräg hinter mir saß. Neben Martina. Verzweifelt warf ich ihr durch Blicke und Körpersprache Fragezeichen entgegen. Aber Lena zuckte nur ratlos mit den Schultern und sah dann angestrengt zur Tafel, auf die Frau Sommer eine Aufgabe schrieb. Ich riss ein Stück Papier aus meinem Rechenheft und schrieb Lena eine Nachricht. Ich wollte wissen, was los war. Möglichst unauffällig wurde der Zettel von Schülerin zu Schülerin gegeben, bis er bei Lena landete. Ich drehte mich wieder um. Wollte ihre Reaktion sehen. Tatsächlich kritzelte sie etwas auf den Zettel und schickte ihn zurück zu mir. Mit zitternden Händen entfaltete ich das Papier.

Es ist besser so! stand dort.

Was sollte das denn heißen? Es ist besser so? Wer hatte ihr das eingeredet? Voller Ungeduld wartete ich auf das Ende der Mathestunde. Ich musste Lena unbedingt sprechen.

„Lena, warte!" Noch bevor das Klingelzeichen verklungen war, war ich zu Lena gehechtet und hielt sie an ihrem Arm fest.

„Klara, lass mich los." Lena versuchte, ihren Arm aus meinem Griff zu befreien.

„Ich will doch nur mit dir reden!", flehte ich und wurde im gleichen Moment an der Schulter gepackt und nach hinten gezogen. Ich schwankte, verlor das Gleichgewicht und krachte gegen einen Stuhl. Ein Schmerz durchzog meinen Rücken und ich schnappte nach Luft. Lena hielt sich erschrocken die Hand vor den Mund.

„Lässt du Lena jetzt endlich in Ruhe?" Martina baute sich vor mir mit verschränkten Armen auf. Außer uns dreien war niemand mehr in der Klasse. Die anderen Mädchen waren schon in die Pause gegangen.

„Bist du bescheuert?", schrie ich und rappelte mich vom Boden auf. Ich sah zu Lena, hoffte, dass sie eingreifen würde, aber sie stand nur da und sagte keinen Ton.

„Lena, bitte. Wir können doch wohl miteinander reden. Und du Martina, hau endlich ab!"

„Kapierst du es immer noch nicht! Lena will mit einer Lesbe nichts zu tun haben!", grinste Martina und wandte sich zu Lena: „Komm, die Pause ist gleich rum, lass uns rausgehen!"

Lena lief vor Scham rot an, als ich sie noch einmal bat, zu bleiben, aber sie ging vor Martina raus aus dem Klassenzimmer. Ich konnte es nicht fassen. Warum ließ mich Lena einfach fallen?

„Ich bin keine Lesbe! Martina lügt!", schrie ich.

Worauf Martina sich nur umdrehte und mir den Stinkefinger zeigte. Wutentbrannt lief ich hinter ihr her und trat ihr mit voller Wucht gegen das Schienbein. Martina krümmte sich und schrie wie am Spieß! Da hatte ich mein Déjà-vu. Jetzt würde sich genau das wiederholen, was ich an meiner alten Schule erlebt hatte. Rausschmeißen würden sie mich aus Schule und Internat.

Lena hatte sich zu Martina hinuntergebeugt und sie tröstend in den Arm genommen. Immerhin hörte Martina so auf rumzuschreien.

„Hau ab!" Lenas Worte trafen mich wie ein giftiger Pfeil. Da war kein Funken von Zuwendung oder Verständnis für mich mehr vorhanden. Ich drehte mich um, ging zurück in den Klassenraum. Freundschaft! Lächerlich. Es gab keine Freundschaft. Das hatte ich jetzt am eigenen Leib gespürt. Nie mehr würde ich auf irgendwelches Freundschaftsgeschwätz reinfallen. Keinen würde ich mehr an mich ranlassen oder ihn in mein Inneres blicken lassen.

Anscheinend hatten auch Martina und Lena über den Vorfall in der Schule geschwiegen, denn es folgten keinerlei Konsequenzen seitens der Schule oder der Erzieher. In der Schule ignorierten mich Lena und Martina, taten, als würde ich gar nicht existieren. Aber was sollte es auch. Mich interessierten die beiden nicht mehr. Mit einigen Mädchen aus der Schule traf ich mich nun öfter, um mit ihnen Fußball zu spielen, eine AG, die von unserer Sportlehrerin initiiert worden war. Über meinem Bett im Internat befestigte ich ein Poster von verschiedenen Fußballstars. Wie konnte da noch jemand behaupten, ich sei lesbisch, wenn über meinem Bett lauter Männer hingen? Ich zog mich immer mehr von allen Mädchen in meiner Klasse zurück. Immerhin wurde ich so in Ruhe gelassen.

***

Eines Tages rief uns unsere Erzieherin vor dem Abendessen zusammen. Frau Schröder war eigentlich ganz okay, jedenfalls tausendmal besser als die Erzieherin in meiner vorherigen Gruppe. Nun teilte sie uns mit, dass sie für fünf Wochen zur Kur fahren werde. Wann sie genau wiederkommen würde, stand noch nicht fest. Sie bräuchte einfach Erholung und eine Auszeit, um wieder zu Kräften zu kommen. Die älteren Mädchen tauschten verständnisvolle Blicke untereinander aus, anscheinend wussten sie mehr als wir jüngeren, schienen weniger überrascht zu sein. Ich hatte als Jüngste in der Gruppe keinerlei Ahnung, was genau der Grund für den Kuraufenthalt war. Als Vertretung würde eine Sozialpädagogin in das Zimmer von Frau Schröder einziehen und sich um uns Mädchen kümmern. Wir sollten nett zu ihr sein und sie in allem unterstützen. Inga Söhnke, so hieß die Vertretung, habe bisher in keinem Internat gearbeitet und sei noch nicht lange mit dem Studium fertig. Mir war es ziemlich egal, wer hier als Erzieherin arbeiten würde. Hauptsache, ich würde in Ruhe gelassen.

Drei Tage später fand der Erzieherwechsel statt. Als ich aus der Schule kam, traute ich meinen Augen nicht. Ein großer, schwarzer Mischlingshund stürmte auf mich zu, sodass ich fast rückwärts umgefallen wäre.

„Pablo, langsam. Sitz!" Eine junge Frau kam aus ihrem Zimmer, packte den Hund am Halsband und beruhigte ihn. „Hoffentlich hat dich Pablo nicht zu sehr erschreckt. Tut mir leid. Ich bin Inga Söhnke. Und ich denke mal, dass du Klara bist!"

„Kein Problem", sagte ich, kniete mich zu dem Hund, um ihn zu streicheln. Genussvoll ließ er sich hinter den Ohren kraulen.

„Pablo scheint dich zu mögen. Normalerweise ist er nicht so stürmisch bei Menschen, die er nicht kennt." Inga Söhnke lächelte mich an.

„Die kann mir viel erzählen", dachte ich. Warum sollte der Hund ausgerechnet auf mich so abfahren. Das war doch nur so ein pädagogisches sich Einschmeicheln. „Ich muss jetzt Hausaufgaben machen!", sagte ich und nahm meine Schultasche vom Boden auf.

„Klar, wenn du Lust hast, dann kannst du gerne mit Pablo spazieren gehen. Sag mir einfach Bescheid."

„Mal sehen!" Schnell rannte ich die Treppe zu meinem Zimmer hoch und schmiss mich auf mein Bett.

Sobald ich von da an in die Nähe von Pablo kam, heftete er sich an meine Beine. Dabei versuchte ich stets, ihn zu ignorieren. Nur wenn niemand in der Nähe war, setzte ich mich zu Pablo auf den Boden, tollte und schmuste mit ihm. Die Wärme und Nähe des Hundes taten meiner Seele gut, hier hatte ich einen Freund, der mich so liebte wie ich ihn. Sobald ich allerdings jemanden kommen hörte, sprang ich auf und verschloss meine Gefühle wieder. Inga Söhnke lächelte mich stets freundlich an, als warte sie auf eine Reaktion von mir. Eines Tages, das Mittagessen war gerade beendet, drückte mir meine Erzieherin die Hundeleine in die Hand. „Heute kannst du mit Pablo spazieren gehen. Ich habe leider eine Besprechung und keine Zeit." Schon hatte sie sich umgedreht und ließ mich mit Hund und Leine einfach stehen.

Zuerst wollte ich laut protestieren, aber Pablo sprang voller Vorfreude auf den Spaziergang hin und her, sodass ich nicht anders konnte, als mit ihm loszuziehen. Zusammen liefen wir an den Feldern rings um das Internat vorbei, folgten einem Weg durch den Wald, der bis zu einem kleinen See führte. Hier trafen sich abends die älteren Mädchen aus dem Internat mit ihren Freunden, meist Jungen aus dem Dorf. Erlaubt war dies seitens der Lehrerschaft nicht, denn hier wurde getrunken, geraucht und rumgeknutscht. Allerdings gab es auch hin und wieder Ausnahmen, zum Beispiel, wenn eines der Mädchen hier ihren Geburtstag feiern wollte, was natürlich nur denen zugutekam, die in den Sommermonaten geboren waren. Man musste allerdings damit rechnen, dass jederzeit eine der Erzieherinnen auftauchte, um zu kontrollieren, dass keine Sauf- und Sexorgien stattfanden. Alkohol in Maßen war zwar erlaubt, aber nur für diejenigen, die sechszehn und älter waren.

An diesem Tag war es regnerisch, wenn auch nicht sonderlich kalt, daher hatten Pablo und ich den Strandabschnitt für uns alleine. Wir tobten und tollten herum, ich warf Stöcke, denen Pablo hinterherrannte. Dann kam er wedelnd mit seiner Beute auf mich zu, aber bevor ich den Stock zu greifen bekam, machte er einen Satz zur Seite und ich griff ins Leere. Immer wieder kam er und forderte mich auf, mit ihm zu spielen. Ich fühlte mich frei, lachte und kämpfte mit Pablo auf dem Boden herum. Wann hatte ich eigentlich das letzte Mal gelacht?

„Oh nein, wir müssen sofort zurück!" Mit Entsetzen hatte ich mit einem Blick auf meine Uhr gesehen, dass ich die Ausgangszeit schon eine Viertelstunde überschritten hatte. Wenn ich Pech hatte, dann bedeutete das für mich ein paar Tage Ausgangsverbot. Während Pablo und ich zum Internat liefen, überlegte ich, wie ich meine Verspätung rechtfertigen könnte. Eigentlich bräuchte ich nur sagen, dass Pablo weggelaufen sei und ich ihn gesucht hätte, aber vielleicht würde mich Frau Söhnke dann nie mehr mit Pablo spazieren gehen lassen.

Außer Atem erreichten wir das Internatsgelände und schlichen uns zu unserer Gruppe. Als wir in das Haus eintraten, konnte ich sehen, dass die anderen Mädchen bereits im Lernsaal saßen. Jedes an seinem Schreibtisch. „Ich …!"

Inga Söhnke lächelte und ließ mich gar nicht erst zu Wort kommen. „Na, ihr beiden. Habt sicher vor lauter Spaß die Zeit vergessen. Klara, siehe zu, dass du an deinen Schreibtisch kommst. Ich mache die Pfoten von Pablo sauber!"

Ich nickte, zog meine nassen Schuhe und den Anorak aus und setzte mich zu den anderen in den Lernsaal. Keine Vorwürfe, keine Strafen! Stattdessen ein Lächeln. Erleichterung, Verwunderung und ein Gefühl von Glück mischten sich in meinen Körper.

Von nun an ging ich jeden Tag mit Pablo spazieren. Dabei war es mir egal, ob es heiß war oder in Strömen regnete. Nur das Fußballspielen in der AG machte ich noch mit. Ansonsten kam ich sehr gut alleine zurecht. Sobald ich selber in der Lage sein würde, würde ich mir auch einen Hund anschaffen. Als ich an einem Abend völlig durchnässt mit Pablo nach unserem Gang ins Internat zurückkam, fing mich Inga Söhnke im Eingangsbereich ab. Sie reichte mir ein großes Badetuch.

„Hier, damit kannst du dich erst einmal trocken reiben. Ich mache Pablo sauber. Und, Klara, wenn du magst, dann komm in mein Zimmer. Ich habe schon einen Tee aufgegossen."

Verlegen rubbelte ich mit dem Handtuch Gesicht und Haare. Ich war noch nie in dem Zimmer der Erzieherin gewesen und obwohl die Einladung ganz normal klang, spürte ich ein Magendrücken. Dabei waren schon einige der Mädchen bei Inga Söhmke im Zimmer gewesen, um mit ihr zu quatschen. „Ich ziehe mir nur schnell eine trockene Hose an!", sagte ich und rannte an Hund und Frauchen die Treppe zu meinem Zimmer hinauf. Als ich nur ein paar Minuten später an die Tür der Erzieherin klopfte, schlug mein Herz um einige Takte schneller als sonst.

Ich hatte Mühe die Teetasse, die mir Inga Söhnke reichte, festzuhalten, so zitterten meine Hände. Vergeblich versuchte ich, dies unter Kontrolle zu bekommen. Warum war ich nur so nervös? Das war doch nur eine nette Einladung zu einer Tasse Tee. Immerhin schaffte ich es, ohne Stottern mit meiner Erzieherin zu plaudern. Wir sprachen über unsere Liebe zu Hunden und Tieren allgemein. Da fühlte ich mich recht sicher, zudem ich mit einer Hand beständig Pablos Kopf kraulte, der zufrieden die Augen schloss.

„Sag mal Klara, du hast in drei Wochen Geburtstag. 16 Jahre wirst du?" Ich nickte nur.

„Und hast du dir schon überlegt, wie du deinen Geburtstag feiern willst?"

Das hatte ich nicht. Mit wem sollte ich denn auch feiern? Eigentlich hatte ich dazu keinerlei Einstellung. In unserer Familie wurden Geburtstage nicht groß gefeiert. Das heißt – zumindest meiner nicht. Als meine Geschwister zur Welt kamen, hatte sich das nämlich geändert. Schon um mit den anderen Müttern gleichzuziehen, gab sich meine Mutter große Mühe, für die beiden Kleinen einen einmaligen Kindergeburtstag zu gestalten.

„Wen würdest du denn gerne einladen?", fragte mich Inga Söhnke unvermittelt und lehnte sich in ihrem Sessel zurück.

„Weiß nicht. Es würde sowieso keiner kommen." Gemütlich war es hier in dem kleinen Zimmer, das ja das Zimmer von Frau Schröder war, wie mir jetzt einfiel. Vielleicht hatte Inga Söhnke einen ganz anderen Geschmack.

Anscheinend hatte die Erzieherin meine Gedanken erraten. „Ich bin ja nur vorübergehend hier, deshalb habe ich auch nur ein paar persönliche Dinge verändert. Zum Beispiel sind diese Fotos von mir. Es ist mein Hobby, zu fotografieren." Sie zeigte mir die Fotos, auf denen hauptsächlich Pablo in allen Lebensjahren abgelichtet war, aber auch das Porträt einer Frau und dann noch ein Bild dieser Frau Arm in Arm mit Inga Söhnke irgendwo an einem Strand.

„Das ist Marie, meine Freundin. Da waren wir zusammen in Urlaub an der Ostsee." Inga Söhnkes Blick hatte etwas Verträumtes, als sie mir das Foto zeigte und dann wieder wegstellte.

„Ich habe keine Freundin", sagte ich und kraulte Pablo weiter hinter seinen Ohren.

„Möchtest du mir erzählen, warum du keine Freundin hast?"

Ich schluckte. Unmöglich konnte ich erzählen, warum die Freundschaft mit Lena in die Brüche gegangen war. „Ich hatte eine Freundin, aber dann hat sie eine andere Freundin gehabt und seitdem … Zuerst haben sie mich gemobbt, jetzt lassen sie mich in Ruhe. Ist mir auch egal. Ich brauche keine Freundin."

Inga Söhnke machte keine Anstalten zu erfahren, was vorgefallen war, vielmehr stellte sie mir eine ganz andere Frage. „Würdest du gerne wieder mit den Mädchen befreundet sein?"

Was sollte ich darauf sagen? Wollte ich wieder mit Lena oder sogar mit Martina Freundschaft schließen? War das überhaupt möglich, nachdem, was vorgefallen war?

Meine Erzieherin schien mir anzusehen, dass ich nicht wusste, was ich wirklich wollte. „Klara, es braucht keine Freundschaft zu werden, wie es einmal war. Aber wäre es nicht schön, wenn ihr euch freundschaftlich begegnen könntet? Ohne unheilsame Gedanken? Gibt es nicht schon genug Streit auf Erden? Es kostet Mut, den ersten Schritt zu machen. Wie denkst du darüber. Du könntest die Mädchen zum Beispiel zu deinem Geburtstag einladen."

„Die würden nie und nimmer kommen!", preschte es aus mir heraus.

„Vielleicht hast du recht. Aber ein Versuch wäre es doch wert, oder? Denk einfach mal darüber nach. Letztendlich entscheidest du, wie und mit wem du deinen Geburtstag feiern möchtest."

Ich lag nach diesem Gespräch noch lange wach und meine Gedanken fuhren Karussell mit mir. War es tatsächlich möglich, wieder mit Martina und besonders mit Lena Freundschaft zu schließen? Wieder dazuzugehören!

In den nächsten Tagen überlegte ich zusammen mit Inga Söhnke, wie und wo ich meinen Geburtstag feiern könnte. Hier im Haus, das fand ich zu spießig, da würde man sich zu kontrolliert fühlen. Schließlich blieb der Platz an dem See als geeignet übrig, der offiziell zum Internat gehörte. Dort befand sich auch ein recht komfortables Blockhaus, sodass man bei schlechtem Wetter dort Unterschlupf finden konnte. In dem Blockhaus gab es zudem einen Kühlschrank und eine kleine Teeküche. Dieser Platz durfte nur mit Genehmigung der Heimleitung benutzt werden. Natürlich gab es diverse Auflagen. Es durfte kein Alkohol konsumiert werden für Mädchen unter sechzehn, der Platz musste nach der Feier gründlich gesäubert werden. Zigarettenkippen mussten, wenn sie nicht in den dafür vorgesehenen Behälter kamen, ebenfalls vom Boden aufgesammelt werden. Musikanlagen durften einen gewissen Lärmpegel nicht überschreiten und um 22 Uhr musste ohnehin Schluss sein.

Da es zu dieser Zeit noch keine Handys oder Computer gab, zumindest nicht für den Normalbürger, schrieb ich die Einladungen per Hand auf eine Karte. Diese legte ich in der Schulpause Lena unbemerkt auf ihren Platz. Den Rest des Schultages mied ich es, sie anzusehen, und verschwand als Erste nach der letzten Stunde aus dem Klassenzimmer. Ich hatte es nicht gewagt, ihre Reaktion auf die Einladung zu beobachten. Vielleicht hatte sie diese bereits zerrissen oder Martina und sie machten sich darüber lustig.

Je näher der Geburtstag rückte, umso unsicherer wurde ich, ob es wirklich richtig war, diese Fete zu organisieren und die beiden Mädchen einzuladen. Ich hoffte, dass ich krank werden würde und alles absagen könnte oder dass das Wetter dermaßen schlecht wäre, sodass wir nicht draußen feiern konnten. Ohne den ständigen Zuspruch meiner Erzieherin, dass alles gut werden würde, hätte ich mich wohl krank ins Bett gelegt.

Als der Geburtstag dann da war, ein Samstag, wachte ich mit einem unklaren Gefühl auf. Hoffen, Erwartungen, dass alles gut würde, aber auch die Angst nagte an mir, dass der Tag im Chaos enden würde. Als ich die Augen aufschlug, war es erstaunlich still im Zimmer. Gut, eines der Mädchen war übers Wochenende nach Hause gefahren, wie so viele im Internat, aber wo waren die zwei anderen Mädchen? In ihren Betten jedenfalls nicht. Gerade als ich den Entschluss gefasst hatte, aufzustehen, ging die Tür auf. Ein Geburtstagslied singend und mit einem Tablett, auf dem ein Napfkuchen mit brennenden Kerzen bestückt stand, kamen meine Mitbewohnerinnen Luise und Marie ins Zimmer – gefolgt von Inga Söhnke. Zwischen all den Beinen wurschtelte sich Pablo durch und sprang mit einem Satz in mein Bett. Ich konnte es nicht fassen. Damit hatte ich wirklich nicht gerechnet. Schnell vergrub ich mein Gesicht in Pablos Fell, um die Tränen zu verbergen, die mir die Wangen herunterliefen.

„Alles Gute zum Geburtstag! Den Kuchen haben Luise und ich extra für dich gebacken!", erklärte Marie. „Du musst die Kerzen auspusten!", ergänzte Marie und hielt mir das Tablet entgegen.

Ich pustete und meine Überraschungsbesucher applaudierten.

Dann setzte sich Inga Söhnke zu mir auf das Bett. „Alles Liebe, Klara. Ich wünsche dir einen wunderschönen Geburtstag!"

Bevor ich etwas sagen konnte, drückte sie mir einen Kuss auf die rechte Wange. Ich wusste, dass mein Gesicht vor Verlegenheit rot angelaufen war. „Danke!", krächzte ich und wusste nicht, was ich tun sollte. Zum Glück entspannte meine Erzieherin die Situation. Sie forderte uns auf, uns fertig zu machen, um dann zusammen unten zu frühstücken.

Ich war noch ganz überwältig von der Überraschung und wankte mehr oder weniger in den Waschraum. Als ich in den Spiegel schaute, fuhr ich mit den Fingerspitzen über die Stelle, auf die Inga Söhnke mich geküsst hatte. Ich starrte mein Gesicht an und stellte mir vor, wie sich ihre Küsse wohl auf meinem Mund anfühlen würden, und heiße Wellen durchliefen meinen Körper.

***

Zuerst hatten sich Lena und Martina über Klaras Einladung nur lustig gemacht. Klar, dass sie garantiert nicht zu der Geburtstagsfeier gehen würden. Dann aber bekam Lena doch ein komisches Gefühl, vielleicht war es an der Zeit, Frieden zu schließen. Immerhin waren Klara und sie einmal eng befreundet gewesen. Martina hatte dafür allerdings kein Verständnis, sie konnte Klara nicht leiden und daran würde sich bestimmt nie etwas ändern. Umso erstaunter war Lena, als Martina dann ihre Meinung änderte. Vielleicht war es doch eine gute Idee, zu der Feier zu gehen, meinte sie und grinste Lena geheimnisvoll an.

„Weißt du was, auf der Feier kann Klara uns beweisen, dass sie keine Lesbe ist."

Lena schaute ihre Freundin ungläubig an. Wie sollte denn dieser Beweis aussehen.

„Ganz einfach. Wir bestellen ein paar Jungs auf die Fete. Und ich weiß auch schon, wen ich auf Klara ansetzen werde. Und zwar: King!"

„King?", wiederholte Lena.

King, das war der Frauenaufreißer aus dem Dorf. Nie und nimmer würde der sich mit Klara abgeben. Die entsprach nun überhaupt nicht seinem Typ. Aber Martina gab sich zuversichtlich. Sie würde King schon dazu bringen, sich auf der Fete an Klara ranzumachen. Immerhin war das doch fair. Dann würde sich zeigen, ob Klara lesbisch war oder ob sie mit King rummachen würde. Es brauchte nicht viel Mühe, bis auch Lena von diesem Vorschlag überzeugt war. Schließlich sollte Klara nicht mit irgendeinem hässlichen Dorfbubi knutschen, sondern mit King, für den jedes normale Mädchen schwärmte. Als Geburtstagsgeschenk kauften die zwei Freundinnen eine Flasche Champagner. Sekt kam ihnen einfach zu billig vor. Alkohol war zwar verboten, aber ihrer Meinung nach gehörte Sekt einfach zu einer Geburtstagsfeier.

Jetzt standen sie im Waschraum vor den Spiegeln und schminkten sich. Sie wollten auf alle Fälle Eindruck auf die Jungen machen.

***

Für 18 Uhr hatte ich die Einladung angesetzt, nun wartete ich vor dem Holzhaus. Marie und Lucie hatten mir geholfen, die Musikanlage aufzubauen und Lichterketten zu installieren. Getränke, Chips. Käsestücke und mehrere Baguettes lagen bereit. Kurz nach 18 Uhr kamen die Mädchen, mit denen ich Fußball spielte. Von zwölf eingeladenen Mädchen kamen immerhin zehn. Zwei der Fußballerinnen waren übers Wochenende nach Hause gefahren. Um 19 Uhr war ich mir sicher, dass Lena und Martina nicht kommen würden. Eigentlich hätte ich ja erleichtert sein müssen, aber ich war enttäuscht. Hatte ich doch darauf gehofft, dass wenigstens Lena erscheinen würde.

„He, Klara, nicht so trübsinnig. Das ist dein Geburtstag!", schrie Lucie, die ohne Scheu zu der Musik tanzte. Zusammen mit Wolfgang, ihrem Freund, der inzwischen auch angekommen war. Ich hatte nichts dagegen gehabt, als Lucie und Marie mich fragten, ob ihre Freunde auch kommen dürften. Ich ging in das Holzhaus und nahm mir eine Flasche Bier. Eigentlich mochte ich Bier nicht besonders, aber ich hatte das Gefühl, meinen Frust runterspülen zu müssen, und als mir Julia, unsere beste Torschützin, eine Zigarette anbot, sagte ich nicht Nein. Natürlich hatte ich schon hin und wieder eine geraucht, meistens dann, wenn mir eine angeboten wurde.

100 Mark hatten mir meine Eltern zu meinem Geburtstag mit einer fürchterlich kitschigen Karte geschickt. Sie hatten auch im Laufe des Tages einmal angerufen, wie mir Frau Söhnke berichtete, aber da war ich gerade mit Pablo unterwegs gewesen. Für einen erneuten Anruf fehlte ihnen wohl die Zeit, aber ich konnte ohnehin darauf verzichten.

Plötzlich kamen Lena und Martina. Mir blieb beinahe das Herz stehen, als sie vor mir standen. Sie hatten sich wie zu einem Discobesuch zurechtgemacht. Dagegen sah ich mal wieder wie eine graue Maus aus. Jeans, ein blaues T-Shirt und ein Sweatshirt waren mein Outfit. Dazu ausgelatschte Adidas-Turnschuhe. Kein Wunder, dass mich Martina abschätzig begutachtete.

„Hier, das ist unser Geburtstagsgeschenk!" Lena reichte mir eine Flasche Champagner, die mit einer roten Schleife verziert war.

„Das ist Champagner, kein Sekt!", klärte mich Martina auf und sicher hätte sie am liebsten auch noch den Preis verraten.

„Danke!" Ich hielt die Flasche unsicher in der rechten Hand. In der linken befand sich immer noch die fast leere Bierflasche. „Wenn ihr etwas essen wollt, im Blockhaus steht alles. Auch Getränke."

„Wenn wir gewusst hätten, dass du auf Bier stehst, hätten wir dir natürlich besser einen Kasten Bier geschenkt", stichelte Martina.

„Unsinn", fuhr Lena dazwischen. „Die Flasche wird jetzt getrunken. Klara, du musst sie öffnen, aber pass auf, dass nicht alles rausläuft!"

Ich hatte zwar schon Sektflaschen aufgemacht, aber noch nie eine Champagnerflasche. So vorsichtig wie nur möglich drehte ich den Korken, damit er langsam nach oben rutschte, und mit einem lauten *Peng* gab er den Inhalt der Flasche frei. Sofort forderten mich die Mädchen auf, aus der Flasche zu trinken, dabei klatschten sie in die Hände.

„Los! Mehr, das ist deine Flasche!", schrie Martina, als ich die Flasche absetzte und weiterreichen wollte.

„Ja, los trink sie aus!", grölten nun alle Mädchen und bildeten einen Kreis um mich herum.

Konnte es sein, dass mir der Alkohol so schnell zu Kopfe stieg? Mir wurde schummrig, aber irgendwie fühlte ich mich auch leicht.

Kurz darauf erschienen fünf Jungen, die, wie sich herausstellte, Freunde von Martina und Lena waren. Mir war das ziemlich egal. Sollten sie sich mit den Burschen amüsieren. Ich hockte mich auf eine der Holzbänke und rauchte eine Zigarette. Die Stimmung war ganz gut. Es wurde getanzt, gelacht.

„Heh, du bist Klara?" Einer der Jungen ließ sich neben mir auf der Bank nieder. Er hatte braune, schulterlange Haare, seine langen Beine steckten in einer verwaschenen Jeans. Auf seinem Sweatshirt war das Peace-Zeichen abgebildet. Aus seiner Hosentasche zog er eine zerdrückte Packung Zigaretten. Ohne Filter, wie ich sehen konnte. Wortlos nahm er meine Zigarette, um seine daran anzuzünden.

„Gibt es hier nur Cola und Limo?"

Ich deutete auf das Blockhaus. „Bier gibt es auch."

„Na ja, ist eben doch wie ein Kindergeburtstag!"

Was sollte das denn. Für was hielt sich dieser Typ eigentlich? Wenn ihm das nicht passte, konnte er ja verduften. Ich hatte plötzlich Lust zu tanzen. Beim Aufstehen schwankte ich ein wenig, aber alles fühlte sich leicht an. Schnell ging ich zu dem Holzhaus und nahm eine Flasche Bier aus dem Kasten.

„Warte, ich öffne dir die Flasche!" Der Junge von der Bank nahm mir die Flasche aus der Hand, öffnete sie gekonnt mit den Zähnen und gab sie mir zurück. Dann öffnete er eine neue Flasche Bier und stieß mit mir an. „Ich heiße übrigens King. Also, das ist nicht mein richtiger Name, aber so nennen mich alle", erklärte er und nahm einen Schluck.

„Von mir aus!" Auch ich trank gierig und musste rülpsen.

„Habe dir doch gesagt, dass Klara wie ein Junge ist!" Plötzlich stand Martina da und sah mich abschätzend an. „Bei der hast du keine Chancen, die steht nämlich auf Mädchen!"

Ging das schon wieder los? Sollte ich ihr nicht gleich eine verpassen? Stattdessen grinste ich Martina nur an. „Du hast ja keine Ahnung. Komm, King, lass uns tanzen. Die ist nur neidisch!" Wow, ich wunderte mich selbst über meine Worte. Was ein bisschen Alkohol ausmachte, damit man sich stark fühlte. Ich packte King am Arm, zog ihn zu den anderen Tanzenden und schlang meine Arme um seinen Hals. Aus den Augenwinkeln heraus konnte ich Martinas dummes Gesicht sehen. Ich drückte mich enger an Kings Körper. Daraufhin begannen seine Hände, meinen Körper abzutasten.

Die Musik berauschte mich, versetzte mich in eine träumerische Welt … *Nights in white Satin* …

Ich schloss die Augen. Sehnsuchtsgefühle, Gefühle nach Liebe, Zuwendung trugen mich fort.

***

„Schau dir das an. Klara lässt sich von King befummeln!" Martina verzog angewidert den Mund. Zwar hatte sie King dazu gebracht, mit Klara anzubändeln, aber nie hatte sie damit gerechnet, dass die beiden öffentlich rumknutschen würden.

Lena seufzte erleichtert. Also war Klara keine Lesbe, wie Martina immer behauptet hatte. Jetzt sah sie, wie King eng umschlungen mit Klara hinter der Holzhütte verschwand. Ob die beiden bis zum Äußeren gehen würden? Lena schluckte. Sie wusste, dass Martina schon mit King geschlafen hatte. Sie selber war so weit noch nicht gegangen.

Martinas Augen funkelten böse. Dass sich Klara jetzt an ihren Freund ranmachte, war wirklich das Letzte. „So eine Nutte!" Martina machte Anstalten, den beiden zu folgen und dazwischenzugehen, aber Lena hielt sie am Arm fest. „Warte! Eigentlich bist du selbst schuld. Du wolltest das doch so!"

„Aber nicht *so*. Ist die jetzt sexgeil, oder was!" Martina ballte wutentbrannt ihre Fäuste und riss sich los.

***

Warum hatte ich keine Kraft mehr? King hatte mich hinter das Blockhaus gezerrt und drückte mich gegen die Mauer. Von Sanftheit war nichts mehr zu spüren. Im Gegenteil, grob rissen seine Hände an meiner Kleidung. Ich wollte das nicht, aber King interessierte nicht, was ich wollte. Jetzt öffnete er den Knopf meiner Jeans und riss den Reißverschluss runter.

„Hör auf!", lallte ich. Mir war schwindlig und ich hatte Mühe zu sprechen.

„Komm, du willst das doch auch. Erst machst du mich an …!" King stöhnte auf, als seine Finger zwischen meinen Beinen in mich einzudringen versuchten. Ich empfand mit einem Mal nur noch Ekel. Ekel vor den Speichel, den Kings Küsse auf meinem Gesicht hinterließen, sein widerlicher Geruch nach Zigarettenrauch und Bier, sein gieriger Gesichtsausdruck.

„Hau ab, du Köter!" Urplötzlich löste sich King von mir und trat mit seinem freien Bein gegen einen Hund, der sich in seinem Hosenbein verbissen hatte.

„Pablo", brachte ich mühsam hervor, woraufhin der Hund von Kings Hose abließ und schwanzwedelnd zu mir kam. „Mein lieber Pablo!" Ich drückte mein Gesicht in das weiche Hundefell.

Erst jetzt registrierte ich, dass keine Musik mehr spielte und auch keine Stimmen mehr zu hören waren. Wo waren die anderen? Auch King hatte sich aus dem Staub gemacht. Mir war schlecht und ich musste mich übergeben. Mein Kopf war schwer wie Blei und alles drehte sich.

„Hier bist du!" Jemand strich mir sanft über meine Haare, zog mich hoch und stützte mich.

„Mir ist so schlecht!", krächzte ich und musste mich gleich wieder übergeben.

„Komm, ich bring dich zurück ins Internat." Es war Inga Söhnke, die mich nun umfasste und mit mir losging.

„Es tut mir leid, ich …" Ich musste weinen, meine Seele schmerzte, nie wieder würde ich glücklich sein. „Sie sind so lieb." Mein Weinen ging in Schluchzen über.

„Alles wird gut, Klara. Gleich legst du dich hin und schläfst. Morgen sieht die Welt schon wieder ganz anders aus."

***

Die Welt sah tatsächlich anders aus, als ich am Morgen aufwachte. Mein Kopf fühlte sich schwer an und ich hatte Mühe, mein Gedankenkarussell zu stoppen. Ich wagte nicht, die Augen zu öffnen, aus Angst, dass alles nur ein Traum war. Einbildung durch den vielen Alkohol. Aber als ich mich vorsichtig auf den Rücken drehte, spürte ich einen Körper neben mir. Mit meiner linken Hand tastete ich zur Seite und stieß auf einen Arm. Erschrocken zuckte ich zusammen.

„Oh mein Gott", entfuhr es mir. Neben mir lag Inga Söhnke. Ich lag zusammen mit Inga Söhnke in ihrem Bett. Ich tastete meinen Körper ab und war erleichtert, als ich feststellte, dass ich ein T-Shirt und eine Boxer-Short anhatte. Was genau war gestern Abend passiert?

„Hallo, Klara, bist du wach? Wie geht es dir?" Inga Söhnke hatte sich im Bett aufgerichtet und sah mich an.

Das spürte ich, denn meine Augen hielt ich immer noch geschlossen. Erst jetzt öffnete ich sie zu einem Schlitz und blinzelte in Ingas blaue Augen. Wie war ich hier in ihrem Bett gelandet? Hatten wir beide etwa ...?

„Du bist in der Nacht in mein Bett gekrochen und ich habe es nicht übers Herz gebracht, dich rauszuschmeißen", sagte Inga und lächelte mich an.

Wie peinlich war das denn? Ich lag hier mit meiner Erzieherin. Geradezu sprang ich aus dem Bett, schnappte meine Kleidung, die auf dem Boden lag, und verschwand im Badezimmer. Hier hielt ich meinen Kopf unter den kalten Wasserstrahl, um klar denken zu können. War ich nur in das Bett gekrochen, um dann zu schlafen, oder hatte ich ... Ich durfte gar nicht weiter darüber nachdenken. Aber Frau Söhnke hätte doch bestimmt etwas gesagt, wenn da mehr gewesen wäre. Was würde sie jetzt von mir denken?

„Klara, kommst du zurecht!" Das war Frau Söhnke und ich beeilte mich, zu sagen, dass alles in Ordnung sei. Als ich aus dem Bad trat, stand meine Erzieherin mit einer Tasse dampfenden Kaffee in der Hand vor der Wohnungstür.

„Ich bin dann mal weg", sagte ich schnell und schob mich an ihr vorbei, ohne sie anzusehen. „Ich muss noch aufräumen von gestern."

„Nimmst du Pablo mit?"

Ich nickte und griff nach der Leine, die an einem Haken neben der Tür baumelte. Direkt hüpfte der Hund vor Freude schwanzwedelnd um mich herum.

„Ich komme später nach und helfe dir!", versprach Inga Söhnke und lächelte mich an. Warum wurde ich direkt rot im Gesicht und mein Herz schlug um einiges schneller.

Da am Sonntag freies Frühstück galt, konnte jedes der Mädchen aufstehen, wann es Lust dazu hatte. Ich ging in die Küche, nahm ein Brötchen und belegte es mit Scheibenkäse. Zugeklappt biss ich ein Stück ab. Aus der Kaffeekanne füllte ich eine Tasse und schüttete noch einen großen Schluck Milch dazu. Im Stehen verspeiste ich mein Frühstück, während Pablo vor mir saß und vor sich hin sabberte. Ich gab ihm ein Stück von dem Scheibenkäse, das er sofort runterschluckte und auf Nachschub hoffte.

„Nein, Pablo, das reicht. Komm, wir gehen jetzt spazieren!" So zogen wir zusammen los, um das Chaos von gestern aufzuräumen.

***

In den folgenden Tagen suchte ich immer wieder die Nähe von Inga Söhnke. Ich musste ständig an sie denken. Besonders schlimm war es, sobald ich im Bett lag. Da ging meine Fantasie mit mir spazieren. Ich stellte mir vor, mit meiner Erzieherin zusammen im Bett zu liegen, ganz eng beieinander, und wir würden uns küssen. Immer wieder versuchte ich, an etwas ganz anderes zu denken, aber ich schaffte es nicht, Inga Söhnke aus meinem Kopf zu verbannen.

In der Schule verhielten sich Lena und Martina mir gegenüber offener und in den Pausen stand ich nun wie selbstverständlich bei ihnen. Trotzdem beschlich mich dabei immer ein mulmiges Gefühl. So ganz traute ich zumindest Martina nicht über den Weg.

Am Donnerstag sprach mich Lena dann nach der Schule an. „Morgen gibt King eine Fete bei sich zu Hause. Seine Eltern sind nicht da und er hat sturmfreie Bude!"

Ich sei auch eingeladen, erklärte Martina und sah mich spöttisch an. „Es sei denn, du magst doch keine Jungs. Bei deinem Geburtstag hast du dich ja nicht mit Ruhm bekleckert."

Also hatten die beiden mich beobachtet. Und wer wusste schon, was King ihnen noch dazu ergänzend erzählt hatte.

„Jedenfalls", mischte sich Lena ein, „hat King ausdrücklich dich eingeladen. Er scheint auf dich zu stehen. Du magst doch Jungen?"

„Ja, klar", erwiderte ich betont lässig, „vielleicht sind ja auch noch ein paar andere, nette Jungs da." Denken tat ich ganz anders. Ich hatte überhaupt keine Ambitionen, auf diese Fete zu gehen. Aber ich wusste, dass ich nur so beweisen konnte, dass ich keine Lesbe war. Was Martina dachte, war mir herzlich egal, aber an Lenas Freundschaft lag mir weiterhin viel.

„Okay! Dann treffen wir uns um 16 Uhr hier vor der Turnhalle. Und zieh dir mal was Nettes an!", bestimmte Martina und sah abschätzend an mir herunter.

„Blöde Ziege", dachte ich. Was ging es die an, was ich anziehen würde. Bestimmt kein Kleid. Schlimm genug, dass ich auf diese Fete gehen musste. Da blieb ich meinen Jeans treu, darin fühlte ich mich sicher.

Abends im Bett grübelte ich, ob es richtig war, zu der Fete zu gehen. Aber was blieb mir anderes übrig. Um dazuzugehören, musste ich mit King rummachen. Und damit konnte ich mir auch selbst beweisen, dass ich nicht lesbisch war.

***

An besagten Freitag führte uns King in sein Zimmer. Er hatte die Rollläden heruntergelassen und über eine Lampe ein rotes Tuch gehangen, sodass der Raum in einem schummrigen Licht strahlte. Aus einer großen Musikanlage lief Musik, die zum Bluestanzen geeignet war. Neben zwei Sofas hatte King noch Matratzen auf dem Boden ausgebreitet, sodass alle Gäste Platz fanden. Lena und Martina hatten sich mit Thomas und Frank auf eines der Sofas verzogen. Ich musste direkt neben King auf einer der Matratzen sitzen. Die Mädchen kannte ich fast alle zumindest vom Sehen. Die Jungen schienen Freunde von King zu sein.

In der Mitte des Raumes standen diverse alkoholische Getränke. „Was willst du trinken?“, fragte mich King und nahm sich selbst eine Flasche Bier. In ein kleines Glas goss er klaren Schnaps.

„Hast du eine Cola?“

„Wie langweilig. Hier biete ich so tolle Drinks an und du willst eine Cola. Aber bitte, kein Problem. Doch dazu solltest du wenigstens einen Schnaps trinken!“

Ich beobachtete, dass alle anderen inzwischen ein Schnapsglas in der Hand hielten. Ich wollte aber keinen Alkohol trinken. Mir hatte der Rausch an meinem Geburtstag gereicht. Während die anderen ihren Schnaps tranken und rauchten, griff ich ebenfalls zu einer Zigarette.

King hatte besitzergreifend seinen Arm um mich gelegt. Immer wieder zog er meinen Kopf zu sich ran und knutschte wie wild, dabei versuchte er, mit seiner Zunge in meinen Mund zu gelangen, aber verbissen kniff ich den zusammen. Schon sein Geruch nach Schnaps und Zigarettenrauch stießen mich ab. Lena und Martina waren mit ihren Jungen beschäftig und fummelten aneinander rum. Dennoch sah ich, dass Martina immer wieder zu mir rüberschielte.

Wir lagen jetzt auf der Matratze und King wühlte unter meinem T-Shirt an meinen Busen herum.

„Hör auf“, flüsterte ich, „hier kann uns jeder zusehen!“

„Na und. Die sind alle mit sich beschäftigt. Aber von mir aus. Komm mit!“ King zog mich unvermittelt von der Matratze, führte mich aus dem Zimmer heraus, wobei er einen der Jungen grinsend ein Auge kniff, und öffnete die Tür zu dem Raum nebenan. „Das Schlafzimmer meiner Eltern!“, grinste King. Er ließ mich kurz stehen, um auch hier die Rollläden herunterzulassen. Aber nicht ganz. Das Licht reichte aus, um alles zu erkennen. Dann nahm er meine Hände und zog mich auf das Bett seiner Eltern. Über dem Bett hing ein Kruzifix und auf einer Schminkkonsole stand eine Madonnenstatue.

Was, wenn seine Eltern jetzt auftauchen würden? Ich bereute, dass wir nicht in Kings Zimmer geblieben waren. Das große Bett schien ihn noch mehr anzuspornen, meinen Körper zu betatschen und mich mit seinen Küssen voll zu sabbern.

„Komm, zieh dich aus!", forderte King und öffnete seine Hose. Ich blieb versteinert liegen. Um nichts in der Welt würde ich mich ausziehen. King haderte nicht lange und machte sich über meine Jeans her. Schon zog er sie nach unten.

„Hör auf. Ich will das nicht!", schrie ich. Es war einfach alles nur widerlich. Das Zimmer hier, King selber.

„Komm schon. Du willst das doch auch!" Rücksichtslos riss er an meinem Slip. Mit aller Wucht rammte ich ihm ein Knie in seine Genitalien. Vor Schmerz krümmte er sich und sah mich zornerfüllt an. „Bist du bescheuert. Erst machst du mich an und dann zickst du hier rum. Hau bloß ab. Martina hatte schon recht, dass du eine verdammte Lesbe bist."

Ich hörte gar nicht mehr zu, wie King mich beschimpfte. In aller Eile zog ich mich an und hastete raus aus dem Zimmer, raus aus dem Haus und rannte, ohne anzuhalten, zurück ins Internat. Heulend kam ich dort an und schmiss mich auf mein Bett. Jetzt würden alle in der Schule über mich lästern und die Freundschaft mit Lena konnte ich abschreiben. Und wer wusste schon, was King über mich erzählen würde.

„Hallo, Karla. Ich hatte geklopft, aber du hast mich wahrscheinlich nicht gehört. Was ist denn los? Kann ich dir helfen?" Frau Söhnke stand plötzlich neben meinem Bett und eine kalte Hundeschnauze stieß mich aufmunternd an. Sofort umschlang ich Pablo und vergrub mein Gesicht in seinem Fell.

„Mir kann keiner helfen", heulte ich. Dabei wollte ich nicht weinen, aber die Tränen liefen einfach.

Inga Söhnke streichelte sacht über mein zerzaustes Haar. „Weine ruhig. Lass deine Traurigkeit zu. Du weißt, dass ich dich sehr gerne habe und dir helfe, wenn ich kann."

Die Worte bewirkten, dass ich heftig schluchzte. Sie hatte mich sehr gerne, wie wunderbar diese Worte waren. Nach ein paar Minuten versiegten meine Tränen endlich. Ich war davon regelrecht erschöpft und ausgelaugt. Wie gut, dass die anderen Mädchen übers Wochenende weggefahren waren und mich so keiner sehen konnte. Ich richtete mich auf und lehnte mich an meine Erzieherin, die mich daraufhin an sich drückte. Wie gut das tat, diese Wärme.

„Wenn du magst, Klara, dann kannst du zu mir runterkommen. Wir können zusammen einen Film anschauen. Und wenn du magst, dann kannst du auch wieder bei mir, also neben meinem Bett, schlafen. Und sag einfach Inga zu mir."

Ein Lächeln huschte über mein Gesicht und ich hauchte ein Ja als Antwort. Was für ein Glück. Inga mochte mich sehr und ich durfte heute Nacht in ihrem Zimmer schlafen! Nachdem meine Erzieherin mein Zimmer verlassen hatte, ging ich in den Waschraum und duschte. Ich musste diesen Geruch von King loswerden und schrubbte wie wild meinen Körper herum. Endlich hatte ich ein besseres Gefühl, trocknete mich ab und zog wieder Jeans und T-Shirt an. Dann sprang ich die Stufen zu Ingas Wohnung hinunter und trat ein.

Der Abend war wunderschön. Wir saßen nebeneinander auf dem Sofa, zwischen uns hatte es sich Pablo bequem gemacht und wir streichelten ihn unentwegt, wobei sich unsere Hände immer wieder berührten. Jedes Mal gab mir dies einen wohligen Stich im Herzen. Wir tranken Tee und aßen Salzstangen. Von dem Film bekam ich vor lauter Aufregung kaum etwas mit. Lachte, wenn Inga lachte, und sah sie unauffällig, wie ich glaubte, von der Seite an. Wie schön konnte das Leben sein. Am frühen Abend hätte ich das nicht für möglich gehalten. Ich saß hier bei Inga und mein Herz schlug schneller.

Als der Film zu Ende war, bot ich an, noch eine schnelle Runde mit Pablo zu gehen, während sich Inga in das Badezimmer verzog. Bei unserer Rückkehr kam sie gerade heraus mit einem Top und einer langen Schlafhose bekleidet. Während Pablo sich auf seiner Hundedecke zusammenrollte, ging ich ins Badezimmer und kehrte dann zurück, um mich neben Ingas Bett auf die Matratze zu legen.

„Ich wünsche dir schöne Träume!", hörte ich Ingas Stimme. „Wenn etwas ist, dann weckst du mich einfach. Gute Nacht, Klara."

Was sollte denn sein? Was meinte sie wohl mit dem Hinweis? Vielleicht würde ich Albträume bekommen und dann wieder heulen. Bloß nicht. Ich grübelte über den vergangenen Tag nach und was mich wohl am Montag in der Schule erwarten würde, dann aber spürte ich wieder das wohlige Gefühl neben Inga auf der Couch. Ich stellte mir vor, wie es wohl gewesen wäre, wenn sie mich geküsst hätte. Oder ich hätte sie von mir aus geküsst.

Irgendwann schlief ich dann doch ein, wachte aber bald darauf wieder auf. Ich horchte auf den regelmäßigen Atem von Inga und mein Wunsch, zu ihr unter die Decke zu kriechen, wuchs von Sekunde zu Sekunde. Noch zögerte ich. Hatte Angst, zurückgewiesen zu werden, vielleicht sogar rausgeschmissen zu werden. Aber sie hatte doch gesagt, dass sie mich sehr gerne hätte. Vorsichtig schlug ich meine Bettdecke zurück und legte mich vorsichtig zu Inga ins Bett. Sie sagte nichts, sondern machte mir Platz, sodass wir aneinandergekuschelt dalagen. Ich traute mich kaum, zu atmen, als Inga ihren Arm auf meine Schulter legte und langsam mit ihrer Hand bis zu meinen Busen glitt. Dort streichelte sie meine Brüste und berührte sanft meine Brustwarzen, die direkt reagierten, indem sie sich versteiften. Ich wagte es nicht, mich zu bewegen, ließ die Berührungen zu und wünschte, sie würden nie aufhören.

„Gefällt dir das?", flüsterte Inga und küsste mich auf mein rechtes Ohr.

„Ja!", brachte ich krächzend hervor.

„Du bist schön. Deine Haut ist samtig und du riechst gut!", sagte Inga und fuhr mit ihrer Hand über meinen Bauch, streifte dann das Gummi meiner Boxer-Shorts und streichelte meine Hüften.

Ich glühte innerlich vor Wonne, merkte, dass ich stöhnende Geräusche von mir gab. Schwindel breitete sich in meinem Kopf aus, alles Denken war erloschen, ich war nur auf meinen Körper und darauf, was mit ihm geschah, fokussiert. Als Ingas Hand zwischen meinen Beinen liegen blieb und zart meine Vagina erforschte, glaubte ich, innerlich vor Genuss zu explodieren.

Natürlich hatte Inga bei unserem gemeinsamen Frühstück betont, dass ich jeder Zeit Stopp sagen könnte. Sie hatte nur das Gefühl, dass ich ihre Nähe suchen würde. Auf alle Fälle musste ich über unsere Beziehung Stillschweigen schwören. Denn es war klar, dass das, was Inga tat, verboten war, auch wenn ich es selbst so wollte. Es würde sofort ihren Rausschmiss aus dem Internat bedeuten.

Niemals würde ich Inga in Schwierigkeiten bringen. Ich war ihr dankbar, dass sie mich in die Liebe zwischen Frauen einführte. Natürlich war ich in sie verliebt und musste ständig an sie denken. In der Schule wurde ich, wie erwartet, gehänselt und blöd angemacht. Aber das versuchte ich, weitestgehend zu ignorieren, und beherrschte mich, nicht aggressiv auf die Anmache zu reagieren. Ich durfte auf keinen Fall auffallen. Sonst würde ich wieder in eine andere Gruppe verlegt oder sogar des Internats verwiesen. Meine ganze Aufmerksamkeit richtete sich auf die Wochenenden, wenn ich zu Inga in ihre Wohnung konnte. Mittlerweile begann auch ich, bei unserem Liebesspiel aktiv zu werden.

Jetzt war mir klar, dass ich auf Frauen stand. Okay, ich war also lesbisch. Na und. Wen sollte das stören? Es ging ohnehin niemanden etwas an. Ich fühlte mich sogar den anderen Mädchen gegenüber überlegen, reifer.

Was wussten die denn schon von körperlicher Liebe? Nichts! Ich brauchte keine Lena mehr, mein Selbstwertgefühl hatte Inga endlich losgetreten. Schlecht ging es mir, als klar war, dass unsere alte Erzieherin wieder zurückkommen würde. Das bedeutete, dass Inga weggehen würde. Am Tag vor ihrer Abreise liebten wir uns noch ein letztes Mal stürmisch und ausdauernd. Ich wollte Inga nicht gehen lassen, wollte bei ihr bleiben. Einfach die Schule schmeißen und mit ihr nach Lübeck gehen. Aber Inga holte mich beständig auf den Boden der Tatsachen zurück. Sie sagte mir, dass sie mich unwahrscheinlich gern hätte, aber ich sei zu jung und sollte mein Abi machen. Bis dahin würde ich sicherlich auch andere lesbische Frauen kennen- und lieben lernen. Ich sei jetzt stabil genug, um das Leben zu meistern. Inga selbst erinnerte mich daran, dass sie eine feste Freundin habe – und die würde sie am nächsten Tag auch abholen. Es war hart, der Wahrheit ins Auge zu sehen. Inga mochte mich, aber sie liebte mich nicht so, wie ich mir das vorstellte.

Am nächsten Tag musste ich schlucken, als ich sah, wie vertraut Inga mit ihrer Freundin umging, wie verliebt die beiden taten, keine Scheu hatten, kurze Küsse auszutauschen, wenn niemand hinsah. Ich sah es aber und es gab mir einen Stich ins Herz. Als mich Inga zum Abschied in die Arme nahm, konnte ich mich nicht mehr beherrschen und begann hemmungslos zu weinen.

„Nicht traurig sein, Klara. Hier hast du meine Adresse. Du kannst uns jederzeit in Lübeck besuchen. Ich würde mich freuen, zu hören, wie dein Leben weitergegangen ist. In meinem Herzen hast du jedenfalls einen Platz!"

Nicht nur der Abschied von Inga war schmerzhaft, es bedeutete auch, Pablo *Auf Wiedersehen* sagen zu müssen. Ich schmuste noch einmal eng mit ihm und ließ ihn dann ins Auto einsteigen. Mir war klar gewesen, dass die Beziehung mit Inga bald zu Ende sein würde, aber als der Tag dann gekommen war, tat es unglaublich weh und ich konnte mir nicht vorstellen, mich jemals in eine andere Frau zu verlieben.

***

Aber bekanntlich heilt Zeit die Wunden und so blieb ich zwar erst einmal alleine, aber ich sah mir nun jede Frau irgendwie anders an. Immer suchte ich nach einem Hinweis, dass sie auch lesbisch sei. Aber wir waren nicht in Köln, sondern in einer Kleinstadt, wo sich kaum jemand öffentlich outen würde.

Ich hatte die Hoffnung schon fast aufgegeben, als Katherina in unsere Klasse kam. Sie kam aus der Schweiz und wirkte uns gegenüber lebenserfahren. Sofort trafen sich unsere Blicke und ich wusste, dass ich hier eine Gleichgesinnte getroffen hatte. Heute weiß ich, dass man so etwas den *gaydar* nennt, also das *homosexuelle Radar*.

Aber davon wusste ich damals nichts. Mir reichte, dass mir Katharina vom ersten Moment an gefiel und so kam es, dass wir nach der Schule viel gemeinsam unternahmen und ich erfuhr, dass Kathi nicht vor hatte, hier im Internat zu versauern. Sie wollte irgendwann türmen. Sie fragte sogar, ob ich mitkommen wolle, aber dazu fehlte mir dann doch der Mut. Leider waren wir nicht in einem Zimmer untergebracht, nur an den Wochenenden konnte eine von uns samt Bettzeug zu der anderen ziehen, vorausgesetzt dort war ein Bett frei. Das war kein Problem, denn viele fuhren regelmäßig über das Wochenende nach Hause. Für mich wäre der Weg viel zu weit gewesen und ich hatte auch nicht das Bedürfnis, meine Familie zu sehen. Zu sehr hatte ich mich inzwischen emotional von ihr entfernt. Für Kathi wäre der Weg in die Schweiz ohnehin nicht machbar gewesen, zumal ihre Eltern ohnehin ständig auf Reisen waren, weshalb sie Kathi auch ins Internat gesteckt hatten. Wir liebten uns ohne große Worte, befriedigten uns gegenseitig und genossen diese Nächte. Ich mochte Kathi sehr, aber ich liebte sie nicht. So wie es momentan war, reichte es mir.

Eines Morgens blieb Kathis Platz in der Schule leer. Ich fragte ein Mädchen aus ihrem Zimmer, ob Kathi krank sei. Es tat sehr geheimnisvoll, als es mir verriet, dass Kathi in der Nacht abgehauen sei. Nicht nur für eine Nacht, denn sie hatte ihre Reisetasche mit allen Klamotten mitgenommen. Ich tat so, als wäre mir das ziemlich egal, aber innerlich breitete sich Wut in mir aus. Wut darüber, dass Kathi mich nicht eingeweiht hatte. Sollte sie bleiben, wo der Pfeffer wuchs. Ich hörte nie mehr etwas von ihr.

Bis zum Abi schlug ich mich mehr oder weniger durch. Fußball spielte ich immer noch, ansonsten blieb ich für mich. Ich vermisste Pablo und schrieb lange Liebesbriefe an Inga. Hin und wieder kam eine Karte von ihr. Freundschaftlich, aber ohne eine Spur von Liebe. Mir war klar, dass sie in einer festen Beziehung lebte, aber immer noch keimte in mir ein Funken Hoffnung, dass sie zu mir zurückfinden würde. Oft träumte ich auch von ihr, besonders wenn ich vor dem Einschlafen an unsere Liebesnächte dachte. Lea und Martina ignorierten mich weiterhin, aber das machte mir überhaupt nichts mehr aus, ich kam gut alleine zurecht. Brauchte niemanden, so würde ich auch nicht enttäuscht werden.

***

Mein Abi fiel zufriedenstellend aus und während eine Reihe der Mädchen noch rätselten, was sie beruflich machen wollten, hatte ich mich schnell dazu entschieden, Sozialpädagogik zu studieren. Vielleicht konnte ich später einmal in einem Kinderheim arbeiten oder mit behinderten Kindern. Dem Internat weinte ich keine Träne hinterher und meine Eltern waren damit einverstanden, dass ich nach Köln in eine WG zog. Sie schienen froh zu sein, dass ich mich nicht wieder bei ihnen im Haus einnistete. Den Platz in der WG hatte ich durch den Asta an der Fachhochschule bekommen. Reine Glückssache bei den raren freien Wohnungen. Wir waren drei Jungen und zwei Mädchen, allesamt Studienanfänger. Die Jungen hatten den Schwerpunkt Sozialarbeit, wir Mädchen Sozialpädagogik. Mein Zimmer war klein, aber es war alles vorhanden. Ein Schrank, ein Bett mit Nachtkasten und ein Schreibtisch. Mehr brauchte ich auch nicht. Das Fenster ging zur viel befahrenen Straße raus, das war ein Nachteil wegen des Autolärms tagsüber und in der Nacht wegen des Grölens der Kneipenbesucher in dieser Straße. Aber daran gewöhnte ich mich und hatte immer eine Packung Ohropax bereitliegen, wenn es ganz schlimm wurde.

Das Studium gefiel mir sehr gut und ich war mit Eifer dabei, in der WG gab es immer wieder Stress, wenn einer sich nicht an den Putzplan hielt. Lisa, meine Mitbewohnerin, war darin besonders nachlässig. Sie meinte, wir als Frauen sollten uns nicht von den Jungen ausbeuten lassen. Lisa engagierte sich bei den Linken, stritt für die Gleichheit aller. Ich hatte keine Ambitionen, mich politisch zu engagieren. Die Jungen waren im nüchternen Zustand recht umgänglich, nur wenn sie getrunken hatten, dann wurde Basti aufdringlich und meinte, zum Teilen der Wohnung gehöre auch, Sex zu teilen. Mich ließ er erst in Ruhe, als ich mich klar als lesbisch outete, woraufhin Lisa sich etwas von mir zurückzog. So weit ging ihre Weltoffenheit nun doch nicht. Vielleicht war sie schon zu sehr von Russland infiziert, wo Homosexuelle immer wieder Opfer brutalster Überfälle wurden.

Die meiste Zeit verbrachte ich ohnehin in meinem Zimmer. Immerhin kam ich an der Uni mit dem *Autonomen Lesben und Schwulenreferat* zusammen. Dort traf ich Gleichgesinnte und engagierte mich, Vorträge und Feten zu organisieren. Die Feten waren immer ein Highlight und eine gute Art, Kontakte zu knüpfen. Ich fand hier auch die ein oder andere Frau, aber es blieb meist bei einer lockeren Beziehung ohne Verpflichtungen. Verliebt war ich in keine und wenn mir eine besonders gefiel, dann war sie meist bereits in einer festen Beziehung.

An einem Samstag ging ich zusammen mit ein paar Kommilitoninnen in ein Lokal für Lesben. Ich war zum ersten Mal dort. Wir setzten uns an einen freien Tisch und tranken Bier. Dabei hielten wir nach hübschen Frauen Ausschau. Plötzlich zuckte ich zusammen, denn im ersten Moment dachte ich, Inga zu sehen, doch als sich die Frau umdrehte, war es eine mir unbekannte Person. Irgendwie konnte ich meine Augen von dieser Frau nicht lassen. Sie schien mit zwei Freundinnen dort zu sein und amüsierte sich, worüber sie sprachen. Eine der Frauen legte besitzergreifend ihren Arm um sie und schickte mir einen bösen Blick. Sie hatte wohl bemerkt, wie ich ihre Freundin musterte. Das erste Mal seit Inga klopfte mein Herz wieder schneller und Hitze stieg in mein Gesicht, sodass ich schnell das Glas mit dem kalten Bier austrank. Ich musste einfach an dieser Frau vorbeigehen, um sie zu spüren. In dem Gedränge arbeitete ich mich bis zu ihr heran. Wie günstig, dass dies auch der Weg zu den Toiletten war. Wie unabsichtlich stieß ich leicht gegen ihren Rücken und als sie sich zu mir umdrehte und mir in die Augen schaute, setzte für eine Sekunde mein Herzschlag aus. Nur mit Mühe brachte ich eine Entschuldigung hervor und steuerte auf die Treppe zu, die zu den Toiletten führte. In den kommenden Tagen ging ich jeden Abend in das Lokal. Immer in der Hoffnung, SIE wiederzusehen. Aber ohne Erfolg. Schließlich gab ich die Hoffnung auf, aber aus meinem Kopf bekam ich diese Frau nicht raus.

Im Zuge des Studiums hatte ich mit einem Praktikum in einem Jugendtreff begonnen. So musste ich ohnehin öfter bis abends bleiben, somit hatte ich auch keine Zeit, groß was zu unternehmen. Mit den Jugendlichen startete ich ein Fußballturnier gegen die Mannschaft aus einem anderen Treff. Meine Aufgabe war es, die Jungen und Mädchen zu trainieren. Immerhin hatte ich schon reichlich Fußballerfahrung. Je nachdem spielte ich in einer Mannschaft mit, damit beide gleich stark waren. Zuerst lästerten besonders die Jungen darüber, dass eine Frau sie trainieren sollte, aber Qualität überzeugte sie schließlich. Da steckte ich den ein oder anderen locker in die Tasche. Mir machte die Arbeit in dem Jugendtreff Spaß und ich überlegte bereits, ob dies ein späteres Berufsfeld für mich sein könnte.

An einem Nachmittag passierte es dann. Ich hatte die Rolle des Mittelfeldspielers übernommen. Fünf gegen fünf war angesagt. Zwischen zwei der Jungen gab es Stress wegen eines Mädchens und dementsprechend spielten die beiden sehr aggressiv. Mein Kollege, der die Rolle des Schiedsrichters übernommen hatte, ermahnte in einer Tour und drohte damit, das Spiel abzubrechen. Und dann erwischte es ausgerechnet mich. Gerade hatte ich den Ball angenommen und wollte einen Pass zu einem Mädchen aus meinem Team schlagen, da hechtete Marco in mich hinein und ich flog durch die Luft. Sofort spürte ich, dass mit meinem Bein etwas nicht in Ordnung war. Aufstehen konnte ich nicht, der Schmerz war heftig. Es dauerte, bis alle begriffen, dass ich wirklich verletzt war. Gestützt von zwei der Jungen humpelte ich vom Spielfeld.

„Besser wir ordern einen Krankenwagen!", meinte Jochen, mein Kollege, und wählte den Notruf.

Mein Protest, dass das unnötig sei, interessierte niemanden. So landete ich bald darauf in der Notaufnahme eines Krankenhauses, wo festgestellt wurde, dass ich einen Kreuzbandriss erlitten hatte. Tatsächlich wurde ich noch am selben Tag operiert und fand mich dann mit Knieschiene im Krankenbett wieder. Zwei bis drei Tage müsse ich hierbleiben und dann Physiotherapie, so hieß es. An Sport war erst einmal nicht zu denken.

Ich musste eingeschlafen sein, denn als ich von einem leichten Rütteln aufwachte, war es bereits dunkel und ich konnte nur schemenhaft das Gesicht einer Frau wahrnehmen.

„Ich bin die Nachtschwester. Brauchst du etwas gegen die Schmerzen?"

Es erstaunte mich, dass die Schwester mich duzte, aber sie war bestimmt nicht viel älter als ich. „Ja, eine Tablette wäre gut." Ich richtete mich etwas auf und knipste das Licht über meinem Bett an. Durch die plötzliche Helligkeit kniff ich erst einmal die Augen zu und dann sah ich in das grinsende Gesicht der Nachtschwester.

„Du?", entfuhr es mir.

„Ja. Ich habe dich schon bemerkt, aber du hast geschlafen. Hätte auch nicht gedacht, dass wir uns hier wiedersehen würden." Die Nachtschwester reichte mir ein Glas Wasser und die Tablette.

„Was machst du hier?", fragte ich dämlich. Zu perplex war ich, dass sie hier vor meinem Bett stand.

„Na, was meinst du wohl? Ich arbeite hier als Krankenschwester. Übrigens ich heiße Conny. Eigentlich Constanze, aber alle nennen mich Conny. Auf deiner Karte habe ich schon gelesen, dass du Klara heißt."

Ich wusste nicht, was ich sagen sollte. Was für ein glücklicher Zufall. Das konnte kein Zufall sein. Das war Bestimmung. Dafür hatte es sich tausendmal gelohnt, sich das Kreuzbein zu reißen.

„Am besten schläfst du jetzt erst einmal. Wir werden uns noch öfter sehen. Ich werde mich intensiv um dich kümmern!" Zärtlich strich Conny über meine Wange und verließ das Zimmer.

Mein Gott, ich starrte ihr ungläubig hinterher. Aber schon durchfuhr mich ein Glücksgefühl, wie ich es schon lange nicht mehr gespürt hatte.

Schon jetzt konnte ich es nicht erwarten, sie wiederzusehen, und war versucht die Ruftaste zu drücken, beherrschte mich dann aber. Und obwohl ich wach bleiben wollte, schlief ich dann doch irgendwann ein. Wie versprochen umsorgte mich Conny und wir kamen uns immer näher. Es hatte einfach direkt zwischen uns gefunkt. Warum also erst Zeit verstreichen lassen, anstatt direkt den Angriff nach vorne zu starten. Conny war sogar noch direkter, als ich es war. Ohne Scheu sagte sie mir, dass ich ihr an dem Abend in dem Lokal sofort aufgefallen sei und sie immer an mich hatte denken müssen. Ich verkniff mir die Frage nach ihrer damaligen Begleitung. War das nur eine leichte Liaison gewesen oder etwas Ernsthafteres? Letztendlich erzählte es mir Conny von sich aus. Mit der Frau war sie seit etwa zwei Jahren zusammen. Allerdings wohnten sie nicht zusammen, umso erstaunter war ich, als Conny mir anbot, zu ihr zu ziehen und der WG *Ade* zu sagen. Sie sagte es so, dass kein Widerspruch erwartet wurde. Und so kam es, dass ich, kurz nachdem ich aus dem Krankenhaus entlassen wurde, meine Sachen aus der WG holte und zu meiner neuen Freundin zog. Ich wunderte mich über mich selber. Eigentlich waren solche spontanen Aktionen nicht mein Ding, aber diesmal war ich mir sicher, dass es die richtige Entscheidung war.

Wir verbrachten fast eine Woche im Bett. Liebten uns, hatten tollen Sex miteinander und lebten sorglos in den Tag hinein. Conny hatte die Woche frei und ich schwänzte die Vorlesungen. Bis am Donnerstagnachmittag jemand klingelte.

„Willst du nicht aufmachen?", fragte ich. Wir aßen gerade im Bett Spaghetti und hatten Spaß daran, uns gegenseitig zu füttern.

„Wer was will, der kann anrufen oder wiederkommen", presste Conny zwischen einer Portion Nudeln hervor.

Das Klingeln dauerte aber an und wurde störend.

„Da ist aber einer hartnäckig. Willst du nicht doch besser mal nachsehen?"

Conny schüttelte nur den Kopf. Irgendwie hatte ich das Gefühl, dass sie wusste, wer dort penetrant die Klingel drückte. Plötzlich hörte das Schellen auf und Conny sah mich triumphierend an. „Siehst du. Wir haben gesiegt!" Aber nur ein paar Minuten später hämmerte jemand gegen die Wohnungstür.

„Verdammt, das war die Kuh von unten. Neugierig bis zum Gehtnichtmehr. Sie hat die Tussi reingelassen", schimpfte Conny und kroch aus dem Bett. Sie schlüpfte in ihren Bademantel, den sie nur halbherzig zuband. Als sie aus dem Schlafzimmer ging, schloss sie die Türe hinter sich.

Das Hämmern erstarb, die Person musste in die Wohnung gekommen sein.

„Warum machst du nicht auf. Meinst du, du kannst mich so abservieren!" Die Person war eine Frau, die wütende Schimpftiraden losließ.

„Jetzt komm mal wieder runter!" Das war Connys Stimme und die klang nicht zornig, sondern überheblich. „Begreife endlich, dass es aus ist zwischen uns!"

Die Geräusche verrieten mir, dass die Besucherin begann, durch das Wohnzimmer zu stiefeln. „Wo ist sie. Wo ist die Schlampe!" Im gleichen Moment sprang die Schlafzimmertür auf und die Frau aus der Bar stand im Türrahmen. „Hast du sie noch alle, mich mit dieser Bitch zu betrügen? Mach, dass du hier abhaust!" Schon hatte sie die Bettdecke weggerissen, sodass ich jetzt nackt mit dem Teller Spaghetti dalag.

Conny trat nun hinter die Frau und zerrte sie aus dem Zimmer. „Du verschwindest jetzt endlich von hier. Es ist aus! Wenn du das nicht kapierst, ist das dein Problem."

Jetzt änderte sich das Verhalten der Frau, anstatt rumzubrüllen, sank sie vor Conny auf den Boden und krallte sich an ihr fest, dabei schluchzte sie herzzerreißend. „Aber ich liebe dich doch."

Conny stieß die Frau von sich, wobei diese nun mit dem Bademantel in den Armen auf dem Boden kniete. „Ich kann nicht ohne dich leben. Bitte komm zu mir zurück!"

Ich beobachtete die Szene mit Abscheu. Das war menschenverachtend. Wie konnte sich jemand derart erniedrigen, zumal Conny keinen Funken Mitleid zeigte.

„Simone, es reicht. Dein Theater habe ich wirklich satt. Geh irgendwohin und lass dich vollaufen, aber lass uns in Ruhe!"

Später musste ich immer wieder an diese Frau und ihren Auftritt denken. Der hatte mich schon betroffen gemacht. Aber Conny verschwendete keinerlei Gedanken an ihre Ex. „Vorbei ist vorbei. Aus die Maus!"

„Tut dir das kein bisschen weh?", drängelte ich weiter.

„Nein. Das ist Vergangenheit, was soll ich mich damit belasten? Du bist jetzt hier und das ist mir wichtig! Und jetzt lass uns lieber mal das Bett von den Spaghetti säubern, die hier überall kleben."

***

Die Zeit mit Conny tat mir gut. Wenn sie arbeiten ging, ging ich in die Vorlesungen. Conny hatte auch dafür gesorgt, dass ich meinen Schlabberlook, wie sie es nannte, weitgehend abgelegt hatte. Anstatt verschlissener Jeans trug ich Designerjeans und anstelle der lässigen Männerhemden solide Blusen.

„Das wird schon noch", sagte Conny immer, wenn sie mal wieder mit mir Klamotten einkaufte. Immerhin konnte ich etwas die Auswahl der Farben bestimmen. Conny zuliebe ließ ich mich sogar darauf ein, von ihr dezent geschminkt zu werden. „Du bist so hübsch, Klara, und das solltest du auch zeigen!" Wenn wir zusammen ausgingen, war sie stolz auf die neidischen Blicke, die mir Frauen, aber auch Männer zuwarfen. Ich musste zugeben, dass ich mich nicht hundertprozentig wohlfühlte in der Verkleidung. Irgendwie war ich das nicht.

Silvester feierten wir immer auswärts, dann putzte sich Conny immer besonders heraus. Wie sicher sie selbst auf hochhackigen Schuhen ging, war mir ein Rätsel. Zusammen stürzten wir uns in das Gewühl von Frauen und feierten bis in die Morgenstunden. Zu Hause fielen wir erschöpft und betrunken, aber glücklich, ins Bett.

Erst als wir später Timmy zu uns nahmen, wollte ich nicht mehr lange auswärts auf Partys gehen. Silvester blieben wir deshalb daheim, aber hatten Freundinnen eingeladen. Die Stimmung war ausgelassen, auch wenn die Wohnung für die Menge Gäste sehr beengt war. Als das Feuerwerk losging, beruhigte ich Timmy, der zitternd in die Sofaecke gekrochen war. Conny setzte sich neben mich und wir küssten uns lange, wünschten uns ein frohes, neues Jahr und schworen uns ewige Liebe.

Nachdem ich mein Diplom bekommen hatte, machte ich mich auf die Suche nach einer Arbeitsstelle. So konnte ich wenigstens finanziell etwas zu unserem Unterhalt beitragen. Zunächst arbeitete ich einige Monate auf einem Abenteuerspielplatz. Die Frage war nur, wo ich einen festen Job finden konnte. Bei der Stadt gab es keine freien Stellen für Sozialarbeiter, aber ich musste ein Glückskind sein. Ein befreundeter Studienkollege rief mich an und bot mir eine Stelle an einer privaten Schule an. Hier sollte ich mich um die Schüler kümmern und ihnen AGs anbieten. Zudem sollte ich mich nicht nur um die Schüler, sondern auch um die Eltern bei Bedarf kümmern. Conny redete mir zu, mich dort zu bewerben, und als ich zu einem Vorstellungsgespräch eingeladen wurde, ließ sie sich es nicht nehmen, mich angemessen zu stylen, indem sie mich in eine Stoffhose und einen Blaser steckte.

Als ich nach dem Gespräch nach Hause kam, stieg ich erst einmal aus dieser Verkleidung aus und schlüpfte in meine Jeans und eines meiner T-Shirts mit Regenbogenaufdruck.

„Und? Wie war es", fragte Conny, als sie von der Arbeit nach Hause kam. „Ich habe dir die ganze Zeit die Daumen gedrückt."

„Scheint geholfen zu haben", grinste ich, „die Schulleiterin hat sich positiv geäußert und wird mir schriftlich ihre Entscheidung mitteilen."

„Na super, ich wusste, dass es klappen würde!", freute sich Conny und fiel mir um den Hals.

„Langsam, ich bin erst sicher, wenn der Bescheid vor mir liegt. Vielleicht kommen ja noch andere zu einem Vorstellungsgespräch ..."

„Ach, Klara, sei nicht so pessimistisch. Komm, wir gehen ins Chapeau Claque und begießen deine neue Stelle." Conny ließ mir gar keine Zeit, dagegen etwas einzuwenden. Nachdem sie sich umgezogen hatte, packte sie meinen Arm und zog mich raus ins Nachtleben.

Und Conny hatte mal wieder recht. Ein paar Tage später kam die Zusage für die Stelle. Nachdem alle Formalitäten erledigt waren, hospitierte ich zuerst einmal bei meinem Studienfreund. Er hatte sich für ein Sabbatjahr entschieden. Mir vertraute er an, dass er vorhatte, mit Frau und Kind nach Australien auszuwandern, dort wollte er für eine Umweltorganisation arbeiten. Von daher hatte ich Grund zur Hoffnung, die Stelle auf Dauer übernehmen zu können. So nahm ich mir vor, meine Arbeit besonders gewissenhaft zu machen und darauf zu achten, mit Lehrern und Schülern gut auszukommen.

Zunächst aber zeigte mir Jürgen die Schule, machte mich mit den meisten der Lehrer bekannt und gab mir Einblicke in seine Schüler-AGs. Es wurde Theater gespielt und er hatte eine Schülerband gegründet. Beides wollte ich gerne weiter führen. So wurde ich Schritt für Schritt mit dem Schulleben und der Arbeit eines Sozialarbeiters vertraut gemacht.

***

Ein Anruf veränderte von einem auf den anderen Tag unser Leben. Er war von meinen Eltern, die mir mitteilten, dass meine Oma plötzlich verstorben sei. Eine Nachbarin hatte sie tot in ihrem Sessel liegend gefunden. Die Beerdigung sollte in vier Tagen stattfinden, auf dem Nordfriedhof. Es wurde erwartet, dass ich daran teilnehmen würde. Ich weinte bitterliche Tränen, Tränen, weil meine geliebte Oma gestorben war, und Tränen der Schuld, weil ich mich in den letzten Monaten nicht mehr um sie gekümmert hatte. Jetzt war es zu spät.

Als Constanze von der Arbeit kam, fand sie mich zusammengerollt auf dem Bett liegend. Das Gesicht von Tränen aufgequollen. Wortlos nahm sie mich in den Arm und wartete geduldig, bis ich in der Lage war, auf den Brief zu deuten, der neben mir auf dem Fußboden lag.

„Arme Klara, das tut mir wirklich leid. Du hast deine Oma so gerne gehabt." Ihre Worte führten dazu, dass ich erneut in heftiges Schluchzen ausbrach. Es tat gut, sich an ihrer Brust zu vergraben und umarmt zu werden. Langsam ging mein Schluchzen in leises Wimmern über. Zärtlich strich Constanze über mein Haar und wiegte mich sanft wie ein Kleinkind. „Ich komme mit zu der Beerdigung", versprach Constanze und ich seufzte dankbar.

Ohne mit ihr an meiner Seite würde ich es nicht schaffen, da war ich mir sicher. Wie lange hatte ich keinen Kontakt mehr zu meinen Eltern und Geschwistern gehabt? Zwei drei Jahre bestimmt. Die bevorstehende Begegnung mit ihnen lag mir wie ein Stein in der Magengegend. „Ich bin so froh, dass ich dich habe!", presste ich unter Tränen hervor.

„Ich bin auch froh, dass ich dich habe. Ich werde dich gegen alles Böse in der Welt beschützen."

Am Tag der Beerdigung wachte ich schon mit Bauchschmerzen auf, sodass ich außer einer Tasse Tee nichts zu mir nehmen konnte. Ständig rannte ich zur Toilette. Schließlich reichte mir Constanze eine Tablette. „Hier, nimm die. Dann geht es dir besser!"

„Was ist das?", fragte ich und ließ die Tablette auf meiner Handinnenfläche liegen, bevor ich sie mit einem Schluck Wasser hinunterspülte.

„Das ist ein Beruhigungsmittel. Das bekommen oft Angehörige in der Klinik, damit die Panik nachlässt." Constanze begann den Frühstückstisch abzuräumen und das Geschirr in die Spüle zu stapeln.

Beide hatten wir schwarze Hosen und Oberteile an. Während ich darin unauffällig wirkte, schaffte es Constanze durch ein dezentes Tuch und etwas Schmuck, ihr Outfit aufzupeppen. Wie sie das nur schaffte, sich adrett zu kleiden, auffallend, aber nicht aufdringlich.

„Was schaust du so?", fragte Constanze und steckte ihr Haar geschickt mit zwei Klammern fest.

„Du siehst wieder umwerfend aus!", sagte ich bewundernd.

Wir standen nebeneinander in der Diele vor dem großen Spiegel. Wie Aschenbrödel sah ich neben ihr aus. Aber das war mir gleich, denn ich war ihre Geliebte und vielleicht erstrahlte sie sogar durch mein langweiliges Aussehen umso mehr.

Als ich vor der Kirche meiner Familie gegenüberstand, schlug mir mein Herz bis zum Hals und ich konnte ein Zittern nicht verbergen.

Conny schien das zu spüren und legte beruhigend ihren Arm um mich.

„Damit habe ich nicht gerechnet, dass du dich hier blicken lässt!" Abfällig, wie mir schien, musterte meine Mutter Conny und mich. Sie selbst hatte sich jugendlich gestylt mit blond gefärbten Haaren und reichlich Make-up im Gesicht. Ihr Körper, sie war immer noch schlank, wurde von einem figurbetonten schwarzen Kostüm umhüllt. Eingehakt an ihrem Arm klebte meine Schwester, quasi das Spiegelbild meiner Mutter, sodass man beide wohl, zumindest von hinten, für Schwestern halten konnte. Nur hatte meine Schwester noch naturblondes, gewelltes Haar, allerdings trug sie einige Pfund Übergewicht mit sich. Ich wusste, dass sie vor einem Jahr geheiratet hatte. Der Mann an ihrer Seite trug ein etwa zweijähriges Mädchen auf dem Arm, während er sich geschäftig etwas abseits stellte und ein Telefonat führte. Dabei ließ er das quengelnde Kind auf den Boden, das zu seiner Mutter stolperte.

„Das ist Stella, deine Nichte", erklärte meine Mutter stolz, „unser Enkelkind und Sonnenschein. Komm zu Oma, Liebes!" Das Kind landete nun auf dem Arm meiner Mutter und wurde von ihr mit Küssen überhäuft.

„Armes Kind", durchfuhr es mich. Das Mädchen trat vom Aussehen her in die Fußstapfen seiner Mutter. Ich zwang mich, der Kleinen ein Lächeln zu schenken, woraufhin sie anfing zu schreien. „Blödes Balg", dachte ich und drehte mich zu meinem Vater um, der neben meinem Bruder stand. Während mein Vater mich mit Handschlag begrüßte, drückte mein Bruder mich fest an sich. Steif lag ich in seinen Armen, wehrte mich aber nicht. Dafür roch ich den Alkohol, den er ausdünstete.

„Gut, dass du da bist!", sagte mein Bruder und lächelte mich an. Im Gegensatz zu meiner Schwester schien er sich wirklich zu freuen.

„Kommst du nach der Trauerfeier noch mit in den Ratskeller?", fragte mein Vater und wandte sich Constanze zu. „Sie sind natürlich auch eingeladen."

Eigentlich hatte ich vorgehabt, sofort nach der Beisetzung zu verschwinden. Solche Beerdigungskaffees waren nun wirklich nicht mein Ding.

„Eigentlich wollte ich …!"

Conny unterbrach mich, indem sie meine Hand feste drückte. „Gerne, Klara, wir haben noch genügend Zeit." Bevor ich widersprechen konnte, zog sie mich mit sich in die Kirche.

„Was sollte das, wieso willst du dahin?" Ich war wütend. Was hatte sich Constanze dabei nur gedacht.

„Reg dich nicht auf. Ich finde, du solltest dabei sein. Wer weiß, was da noch so geredet wird. Und deine Oma hätte dich sicherlich lieber dabeigehabt als deine Mutter oder Schwester."

Mein Vater holte uns ein. Im Vorbeigehen fasste er mich kurz an meinem Ärmel und raunte mir ins Ohr, dass es noch einiges zu besprechen gäbe wegen des Erbes. Dann ließ er mich los und zwängte sich in die erste Bank neben seine Frau. Constanze und ich setzten uns in die Bank dahinter, so als würden wir nicht zur Familie gehören. Aber so war es ja auch. Ich gehörte nicht dazu.

Den Gottesdienst und die folgende Beisetzung erlebte ich wie in einem dicken Nebel. Vielleicht lag das an meinen von Tränen geschwollenen Augen und den heftigen Kopfschmerzen. Wie gut, dass ich mich an Conny lehnen konnte, ansonsten hätte ich dies sicherlich nicht überstanden. Mich quälten Schuldgefühle darüber, dass ich mich in den vergangenen Monaten nicht um meine Oma gekümmert hatte. Diese quälenden Geister in meinem Hirn übertrumpften die warmen Erinnerungen, als meine Oma immer zu mir gehalten und mir die Liebe gegeben hatte, die mir meine Eltern nicht geben konnten.

Der Beerdigungskaffee fand in einem Lokal direkt gegenüber des Haupteingangs des Friedhofs statt. Eine lange Tafel war für Familie und Freunde dezent gedeckt. Viele waren wir ohnehin nicht. Bekannte meiner Oma waren längst verstorben oder lebten im Altersheim. Ihre Nachbarn, ein auch nicht mehr junges Paar, setzten sich an den Tisch, nachdem auch die Familienangehörigen Platz genommen hatten. Kurz darauf vervollständigte der Pfarrer die Gesellschaft.

Eine Schwester meiner Mutter war aus München mit ihrem Mann und den zwei erwachsenen Kindern angereist. Ich hatte einmal meine Herbstferien bei ihnen verbracht, als ich etwa neun Jahre alt war. Mein Onkel war konservativ und bestimmte, was in der Familie geschah, während meine Tante sich brav mit der Mutter- und Hausfrauenrolle zufriedengab. Da ich relative Freiheiten von zu Hause kannte, fühlte ich mich in dieser Familie wie in einem Straflager. Wer sich nicht beim Essen benahm, kam an den Katzentisch. Ein kleiner, hölzerner Tisch in der Ecke der Küche. Nur weil ich zu Besuch war, wurde ich nicht an diesen Tisch gesetzt, sondern nur mit strengen Blicken bedacht. Auch jetzt sah ich, wie mich Onkel und Tante kopfschüttelnd begutachteten – aus Bosheit küsste ich Conny vor allen auf den Mund.

„Ganz schön mutig, Schwesterherz." Mein Bruder hatte sich neben mich gesetzt und grinste. Meine Provokation schien ihm zu gefallen.

Eine Kellnerin mit schwarzer Schürze stellte Kaffeekannen auf den Tisch und notierte weitere Getränkewünsche. Eine weitere Kellnerin brachte Platten mit belegten Brötchen und Streuselkuchen.

„Ich kann nichts essen", jammerte ich und sah ungläubig, wie die anderen Trauergäste über das Essen herfielen.

„Trink wenigstens einen Kaffee", sagte Conny und schenkte mir, ohne eine Antwort abzuwarten, eine Tasse voll. Sie selbst füllte auch ihre Tasse und griff nach einer Brötchenhälfte, die mit Käse belegt war.

Leon holte aus seiner Jacke ein kleines Fläschchen und schüttete, scheinbar unauffällig, den Inhalt in seine Kaffeetasse. Als er meinen fragenden Blick bemerkte, zuckte er nur mit den Schultern. „Das brauchte ich jetzt!", sagte mein Bruder und trank dabei.

„Bist du alkoholkrank?", rutschte mir die direkte Frage heraus. Immerhin war mein Bruder gerade mal zweiundzwanzig Jahre alt. Zu früh, um schon am Mittag Alkohol zu konsumieren.

„Natürlich nicht", beruhigte mich Leon, „aber bei diesen Familienfeiern krieg ich echt das Kotzen. Meine Schwester mit ihrem verzogenen Balg und dem so erfolgreichen Unternehmer. Unsere Mutter, die stolze Oma, die immer noch auf junges Mädchen macht und bei jeder neuen Falte in Hysterie ausbricht. Unser Vater, der eigentlich in die Garage ziehen könnte und nach der Arbeit nur sein Motorrad kennt und meint, ich müsse diese Leidenschaft teilen. Schließlich ist das Motorrad ein Symbol der Männlichkeit für ihn, deshalb musste ich Sport studieren, obwohl ich lieber Philosophie studieren würde."

Leons Worte trafen mich schwer. Mir war nie klar gewesen, dass Leon unglücklich war. Allerdings, ich hatte mich auch nicht um ihn gekümmert. „Das tut mir leid", stammelte ich. „Aber warum lässt du das mit dir machen? Das ist doch dein Leben."

Zornesfalten zeigten sich auf Leons Stirn. „Du hast gut reden. Haust einfach ab, lässt dich nicht mehr blicken und scherst dich einen Dreck darum, was mit uns geschieht. Ich kann Papa nicht enttäuschen. Du machst einfach dein Ding und was ist mit uns …!"

Ich konnte nur sprachlos zuhören. Was hätte ich denn tun können? Ich war doch abgeschoben worden und meinen Geschwistern ging es gut. Dass sie nicht ihr Leben lebten, war schließlich nicht meine Schuld. Trotzdem trafen mich Leons Vorwürfe schwer. „Das habe ich nicht gewusst", presste ich als Entschuldigung hervor.

Conny legte beschützend den Arm um mich. Leon warf sie einen giftigen Blick zu. „Kannst du deinen Lebensfrust nicht an jemand anderem auslassen als an deiner Schwester. Du bist ja wohl alt genug und für dein Leben verantwortlich. Klara ist es jedenfalls nicht."

Bevor Leon etwas erwidern konnte, trat mein Vater zu uns.

„Was habt ihr denn für heiße Diskussionen. Habe ich was verpasst?" Fragend blickte er uns reihum an. Leon und ich schüttelten verneinend mit dem Kopf.

„Okay, wir müssten uns jetzt mal zusammensetzen. Leon, Klara, kommt ihr mit in den Nebenraum. Es wäre nett, wenn Sie hier auf uns warten", sagte er an Conny gewandt. „Es geht um eine Familienangelegenheit."

„Ich gehe nur mit, wenn Conny auch mitkommt. Sie ist meine Lebensgefährtin und gehört zu mir."

„Klara, jetzt mach hier keine Szene!", versuchte mein Vater, mich zu besänftigen, und legte seine Hand auf meine Schulter, die ich sofort abschüttelte.

„Ich mache keine Szene. Entweder ihr akzeptiert Conny oder ich gehe." Jetzt schaltete ich auf stur und hielt Connys Hand fest.

Mein Vater seufzte resignierend, willigte aber schließlich ein, auch wenn er dafür im Nebenraum strafende Blicke meiner Schwester und meiner Mutter erntete. Auch mein Onkel schien nicht mit Connys Anwesenheit einverstanden zu sein. Mir war das egal, sollten sie doch hinter meinen Rücken über mich lästern.

„Also, um es kurz zu machen. Es geht um das Erbe von Mutter!", begann mein Vater und wechselte einen Blick mit meinem Onkel, immerhin ging es auch um seine Mutter. „Sie hat das Haus dir, Klara vererbt."

Ich schaute ungläubig zu Conny. Zwar hatte meine Oma dies immer gesagt, aber ich hatte nicht damit gerechnet, das Haus wirklich zu bekommen.

Jetzt ergriff mein Onkel das Wort. „Wir haben uns überlegt, dass es sinnvoller ist, wenn wir das Haus verkaufen. Natürlich bekommst du einen entsprechenden Anteil als Erbe, aber du musst zugeben, dass es sehr ungerecht wäre, wenn nur du von dem Verkauf profitieren würdest. Denn was sollst du mit einem Haus anfangen? Immerhin war das das Haus, in dem dein Vater und ich aufgewachsen sind. Also haben wir auch eher ein Anrecht darauf als du."

„Mit dem Geld kannst du dir eine Wohnung kaufen oder mieten", fuhr nun meine Mutter fort. „Wie willst du auch ein ganzes Haus versorgen? Das kannst du doch gar nicht."

Das war der Auslöser, auf alle Fälle das Erbe anzutreten. Nett, was sich meine Familie schon ausgerechnet hatte, aber darauf ließ ich mich nicht ein. „Natürlich nehme ich das Haus!", sagte ich und blickte alle reihum provozierend an.

Während Leon in sich hineinkicherte, schienen alle anderen erst einmal sprachlos. Aber nur kurz, dann fielen sie mit Argumenten über mich her, um mir das Haus zu vermiesen. Wie sollte ich mit den Kosten klarkommen, wovon Reparaturen bezahlen? Ein Haus musste gepflegt werden. Mir würde das alles über den Kopf wachsen und im Nachhinein wäre ich sicherlich froh, wenn ich anstatt des Hauses das Geld genommen hätte. Conny drückte meine Hand und flüsterte mir zu, mich nicht umstimmen zu lassen. Zusammen würden wir das schon schaffen. Und so kam es, dass ich von einem Tag auf den anderen Hausbesitzerin wurde und im Bösen mit meiner Familie auseinanderging.

Kurze Zeit später kam ein Brief von einem Notar und ich wurde zur Testamentseröffnung in seine Kanzlei bestellt. Natürlich waren meine Eltern, mein Onkel und meine Geschwister auch anwesend. Bis auf meinen Vater und Leon ignorierend mich alle, was mich aber kalt ließ. Ich hatte innerlich schon mit ihnen gebrochen. In dem Testament stand, was ich schon wusste. Meine Oma hatte mir ihr Haus samt Grundstück, sprich dem Garten, vermacht. Mein Vater sollte den Schreibsekretär erhalten, mein Onkel ein Landschaftsgemälde, was immer im Wohnzimmer über dem Sofa gehangen hatte. Anscheinend beides Sachen, die wertvoll waren, den Gesichtern von Vater und Onkel zu entnehmen.

Meine Geschwister erhielten jeweils 5000 Euro. Der Notar überreichte mir den Hausschlüssel, der in einem verschlossenen Kuvert gelegen hatte. Mir war klar, dass mein Vater, wenn nicht sogar auch mein Onkel, bereits einen Schlüssel besaßen. Eigentlich musste ich diese von ihnen bekommen, aber ich vertraute darauf, dass sie mir diese von selbst zurückgeben würden. Ein Fehler, was ich aber zu diesem Zeitpunkt nicht ahnen konnte.

„Klara, warte mal eben." Als wir aus dem Büro auf die Straße gingen, hielt mich mein Vater zurück.

„Sag mal, ich habe im Haus noch einige Kindheitserinnerungen, die würde ich gerne haben, und Onkel Jürgen hat da auch noch ein paar Kleinigkeiten. Die Schlüssel legen wir dir dann in den Briefkasten, wenn das für dich okay ist. Wenn es dir recht ist, fahren wir morgen zum Haus und erledigen alles."

Ich zuckte gleichgültig mit den Schultern. Von mir aus sollten sie sich die Sachen holen. Wahrscheinlich würde ich ein neues Schloss anbringen. Sicher war sicher, denn meinem Onkel traute ich nicht über den Weg. Heute Abend würde ich aber mit Conny zum Haus fahren. Sie kannte es ja noch nicht und ich hoffte sehr, dass es ihr gefallen würde und wir den Umzug einleiten könnten. Der Weg zur Schule und zum Krankenhaus würde dadurch zwar etwa zwanzig Minuten länger, aber dafür würden wir idyllisch auf dem Land leben und ich könnte mir meinen größten Wunsch erfüllen, einen Hund.

Conny war von dem Haus begeistert und sie verteilte schon die einzelnen Zimmer und welche Möbel wir austauschen würden. Der Garten war ein Traum. Verwunschen, da in den letzten Monaten nicht mehr darin gearbeitet wurde. Aber zwei alte Apfelbäume, ein Kirschbaum, ein Kräuterbeet, eine Wiese, auf der ich als Kind Fußball gespielt hatte, und viele Töpfe mit Blumen. Das alles musste natürlich gepflegt werden, aber darauf freuten wir uns schon.

„Komm, jetzt stoßen wir erst einmal auf dein Haus an!", flötete Conny und fischte aus ihrer Tasche eine Flasche Sekt.

Aus dem Wohnzimmerschrank holte ich zwei Sektgläser, die leicht verstaubt waren. Mit meinem Ärmel wischte ich sie aus, dann flog der Sektkorken in die Luft und Conny füllte die Gläser.

„Auf uns und unser neues Heim!", sagte ich und küsste Conny innig.

„Auf uns Schätzchen, ich kann es kaum erwarten, hier einzuziehen!"

Wir stellten die Sektgläser zur Seite und umarmten uns, sanken auf den Perserteppich im Wohnzimmer und liebten uns.

Zwei Tage später fuhr ich mit dem Fahrrad zu meinem Haus. *Meinem Haus*, wie sich das anfühlte. Irgendwie noch fremd. Dennoch freute ich mich darauf, das Haus zusammen mit Conny nach unserem Geschmack umzuändern.

Als ich die Haustür aufschloss, kam mir die Diele eigenartig fremd vor, bis ich registrierte, dass der antike Spiegel verschwunden war. Hatte meine Verwandtschaft also den auch noch mitgenommen. Okay, sollte mir egal sein. Im Wohnzimmer traute ich dann meinen Augen nicht. Ein großer Teil der Möbel war verschwunden und als ich nach und nach die Schränke öffneten, die noch verblieben waren, starrte ich ins Leere. Sämtliche Porzellanfiguren waren weg, das Silberbesteck, das Service mit dem Goldrand. Unfassbar. Wie die Aasgeier waren sie hier eingefallen. Ich ließ mich auf einen der zwei Sessel nieder und wählte Connys Nummer. Ich legte keinen Wert auf diese kitschigen Porzellanfiguren und unser einfaches Service und das Besteck von Ikea waren mir zigmal lieber. Dennoch fand ich es schon frech, sich hier zu bedienen ohne mein Einverständnis.

Conny wurde richtig gehend wütend über so viel Unverfrorenheit. „Bist du dir eigentlich im Klaren, was die an Wertsachen geklaut haben. Diese scheußlichen Porzellanfiguren, wie du sagst, das sind Werte von Tausenden Euros. Das ist bestimmt Meisner Porzellan."

„Kann ich auch nicht ändern. Als Kind durften wir nicht mal in die

Nähe dieser Figuren kommen und ich finde sie einfach kitschig bis zum Gehtnichtmehr!", erwiderte ich.

„Das steht auf einem anderen Blatt. Jedenfalls hat dich deine Familie ganz schön beschissen! Das solltest du dir wirklich nicht gefallen lassen", bohrte Conny weiter und ich konnte mir vorstellen, wie ihr Gesicht Wutfalten warf, während sie telefonierte.

„Egal. Ich hab keine Lust, mich mit denen auseinanderzusetzen. Jedenfalls werde ich sofort neue Schlösser einbauen lassen. Hier kommt keiner mehr ungefragt rein." Ich war fest entschlossen, doch auf eine gerichtliche Auseinandersetzung hatte ich keinen Bock und auch keine Kraft.

Conny schien sich damit abgefunden zu haben, dass sie bei mir auf Granit stieß. Schließlich lenkte sie ein. „Okay. Vielleicht hast du recht. Aber mach das mit den Schlössern, so schnell wie möglich. Wir sehen uns heute Abend. Ich liebe dich!"

„Ich dich auch!", sagte ich und schickte einen telefonischen Kuss. Dann suchte ich im Telefonbuch nach einem Schlüsseldienst.

***

Freunde halfen uns bei dem Umzug in unser neues Domizil. Da wir nicht viele Möbel besaßen, ging alles schnell von der Hand. Als Dank luden wir Freunde und Helfer zu einer Einweihungsparty ein. Ich hatte plötzlich das Verlangen, meinen Bruder Leon anzurufen und zu der Party einzuladen. Zu ihm wollte ich weiterhin Kontakt haben, allerdings musste ich diesen ja erst einmal stabilisieren nach all den Jahren. Hoffentlich würde er positiv reagieren. Ein Versuch war es allemal wert. Nach mehreren Versuchen erreichte ich Leon schließlich. Er wirkte erstaunt, aber auch erfreut über meine Einladung. Und ich sagte ihm noch, dass er auch jemanden mitbringen könnte, wenn er wolle. Als er wissen wollte, ob wir uns etwas wünschen würden, gab ich ihm zur Wahl, entweder etwas zum Büffet beizutragen oder etwas in unser Hausschwein zu geben. Wir hatten uns dafür entschieden, lieber um Geldgeschenke zu bitten, bevor wir mit unnützen Dingen überhäuft würden. Schließlich hatten wir einen nahezu kompletten Hausstand.

Constanze und ich hatten die kleine Terrasse gesäubert und allzu wucherndes Gestrüpp an einem Nachmittag zusammengekürzt. In dem Garten hatte schon länger niemand mehr Hand angelegt, sodass er relativ verwildert war, was uns aber besonders gut gefiel. „Wie ein verwunschener Märchenwald", hatte Constanze gemeint. Im Keller hatten wir eine Kiste gefunden, auf der *Deko* stand. Darin bargen sich wahre Schätze, um den Garten zu schmücken. Lichterketten, Lampions, Windlichter, auch eine Schnur mit bunten Fähnchen. Es machte Spaß, die Lichter im Garten aufzustellen, und die Bäume boten reichliche Möglichkeiten, Schnüre zu spannen und Lampions aufzuhängen. Ich steuerte meine tibetischen Gebetsfähnchen bei, die ich bisher aus Platzmangel nicht hatte aufhängen können. Constanze und ich waren begeistert, wie fröhlich und einladend unser Garten jetzt aussah, und wir konnten es kaum erwarten, bei einbrechender Dunkelheit die Lichter anzuzünden. Vom Garten aus gelangte man in die Küche. Dort sorgten wir für ausreichend Stellfläche für die Speisen, die hoffentlich von den Gästen mitgebracht wurden. Für Getränke hatten wir auch einen Platz direkt neben dem Kühlschrank, den hatten wir bereits mit Bier und Wein bestückt.

„Wenn wir nicht genug zu essen haben, dann bestellen wir für alle Pizza", sagte Constanze und legte vorsorglich ein Prospekt neben das Telefon. Ich machte mir da keine Sorgen und vertraute meinen und Constanzes Freunden.

„Wenn ich an Esras türkische Leckereien denke, läuft mir das Wasser im Mund zusammen", freute ich mich, als es klingelte und Ben, der vierzehnjährige Sohn von Freundin Sabrina, erschien – wie immer ganz in Schwarz gekleidet. Er hatte sich bereit erklärt, an dem Abend für Musik zu sorgen. Mit sich schleppte er einen Koffer.

„Hi, habt ihr auch an Verlängerungskabel gedacht?", fragte er.

„Klar, stell dir alles so hin, wie du magst. Was hast du denn in deinem Koffer?", fragte Constanze neugierig.

„CDs und Platten!"

„Aber spiel keine Horrormusik, Ben", warnte ich, „und nicht zu laut, denn wir wollen uns auch unterhalten. Ich weiß auch nicht, ob unsere Nachbarn kommen. Eingeladen und vorgewarnt, dass es etwas laut werden könnte, haben wir."

„Ja, ja, nur keine Panik!", winkte Ben ab und kümmerte sich jetzt um die Musikanlage.

Wir hatten den Nachbarn ringsum persönlich die Einladung gebracht, aber da sie alle schon über siebzig waren, waren wir uns nicht sicher, ob sie Lust haben würden, zu uns zu kommen. Bald würden wir es wissen. Wir hatten auch gesagt, dass wir keine Geschenke erwarten würden. Sie um etwas Essbares als Mitbringsel zu bitten, das hatten wir uns nicht getraut. Ich schlang meine Arme um Constanze und küsste sie. Wie gut es uns doch ging.

Nach und nach trudelten die Gäste ein und unser Buffet enthielt alle denkbaren Köstlichkeiten. Auch für Vegetarier war ausreichend vorhanden. Constanze hatte drei Kollegen von sich eingeladen, zwei Krankenschwestern und einen Krankenpfleger. Von meiner Schule kam nur die Kunstlehrerin. Mit ihr arbeitete ich an einem Theaterprojekt, sodass wir uns angefreundet hatten. Schön war es auch, Freunde wiederzutreffen, die aus der Studienzeit stammten.

In Grüppchen standen die Leute vornehmlich im Garten und so, wie ich das sah, amüsierten sich alle prächtig. Esra und Achmed hatten türkische Spezialitäten gezaubert, auf die sich die meisten zuerst stürzten. Vier Kinder tobten bereits im hinteren Teil des Gartens mit dem Fox-Terrier einer Freundin. Zufrieden blickte ich umher, besorgte Getränke und füllte den Kühlschrank mit Nachschub. Als es erneut klingelte, kamen tatsächlich zwei der eingeladenen Nachbarn. Ein Ehepaar und eine Witwe.

„Wie schön, dass sie gekommen sind."

„Wir mussten doch mal schauen, ob sich hier viel verändert hat", gestand die Witwe und sie überreichte mir einen Gutschein. „Der ist von uns dreien. Der Schmitz war nicht zu bewegen, zu kommen. Aber das ist typisch für den Miesepeter."

Lächeln nahm ich den Gutschein und öffnete ihn direkt.

„Damit können Sie im Gartencenter schauen, was ihnen gefällt. Wir konnten uns nämlich nicht auf eine Pflanze einigen!", erzählte Herr Wienand, woraufhin seine Frau leicht den Kopf schüttelte.

Bevor sie etwas sagen konnte, bedankte ich mich und führte die drei durch den Garten und dann zum Büffet. Suchend sah ich mich nach Constanze um. Ich entdeckte sie unter dem Apfelbaum. Jedenfalls schien sie sich prächtig mit ihren Kollegen zu unterhalten. Dass sie mich hier mit den Gastgeberaufgaben alleine ließ, ärgerte mich. Schließlich wohnte sie auch in dem Haus.

„Hi, Schwester!" Plötzlich stand Leon vor mir und nahm mir den Bierkasten ab, den ich gerade aus dem Keller hochgeholt hatte. Ich freute mich, dass mein Bruder die Einladung angenommen hatte. Anscheinend war er aber ohne Begleitung gekommen. Als hätte er meinen Gedanken gelesen, grinste Leon, holte eine kalte Flasche Bier aus dem Kühlschrank und nahm mehrere kräftige Schlucke. Dann wische er sich mit dem Handrücken über den Mund. Auf ein Glas hatte er verzichtet.

„Mein Freund muss noch arbeiten. Vielleicht kommt er später nach", erklärte Leon und schielte dabei auf das Büffet, das schon reichlich geplündert war.

Ich selbst war noch gar nicht dazu gekommen, etwas zu essen, deshalb reichte ich Leon einen Teller und nahm mir auch einen. Langsam zeigte sich, dass der Berg benutzter Teller stetig anstieg. Mist, daran hatte ich nicht gedacht. Es würde mir nichts anderes übrig bleiben, als gleich abzuwaschen. Leider hatten wir keine Spülmaschine.

„Ich muss unbedingt Esras Lahmacun und die Süßme essen", sagte ich und schluckte meinen Ärger hinunter, dass Constanze immer noch keine Anstalten machte, mich zu unterstützen.

Leon riss mich aus meinem Groll. Neben ihm stand ein großer, gut aussehender Mann mit schwarzen lockigen Haaren.

„Das ist Bernhard!", stellte Leon den Mann vor. Das also war sein Freund.

„Hallo, schön, dass Sie noch gekommen sind!", sagte ich, denn ich wusste nicht, ob ich Leons Freund duzen sollte oder nicht, er war bestimmt einige Jahre älter als mein Bruder.

„Ja, ich habe mich beeilt, zu kommen. Nett haben Sie es hier."

Leon rollte mit den Augen ob solcher Förmlichkeit. „Also, hier duzen sich alle. Ist doch okay für dich, Berny, oder?"

Berny! Das hörte sich aber schon sehr vertraut an, durchfuhr es mich. Überhaupt. Leon hatte plötzlich so ein Strahlen in den Augen. Seltsam, was die beide wohl miteinander verband? Meine Neugier war jedenfalls geweckt. Vielleicht war Bernhard ein Dozent von Leon und sie hatten sich an der Uni angefreundet. Ich führte den neuen Gast zunächst einmal zum Büffet und nahm meinen Bruder schnelle zur Seite, um Nachschub aus dem Keller zu holen.

„Wer ist das denn? Ist er ein Professor von dir?", fragte ich, als wir die Stufen zum Keller hinuntergingen.

„Neugierig bist du wohl gar nicht. Nein, Bernhard habe ich zwar an der Uni kennengelernt, aber bei einem Studienfreund, der eine Geburtstagsparty gab. Und da kam auch sein Bruder, nämlich Bernhard."

„Aha. Und was studiert er?"

„Man, Klara, langsam nervst du. Also gut. Bernhard ist für das Seelenheil zuständig. Er ist evangelischer Pfarrer und kein Student."

„Ups!" Jetzt war ich wirklich mehr als überrascht.

„Und bevor du weiterspinnst: Berny und ich sind ein Paar. Ich bin nämlich schwul!"

***

„Jetzt zieh nicht so ein Gesicht, Karla, war doch ein tolles Fest!", meinte Conny, nachdem wir den letzten Gast verabschiedet hatten und zu einem letzten Drink in den Garten gingen, obwohl ich anfangen wollte, zu spülen und aufzuräumen, doch Conny zog mich einfach am Arm mit nach draußen.

„Ich fand es echt super!", schwärmte sie und nahm einen großen Schluck von dem kühlen Weißwein. Von der Seite stupste sie mich an, aber ich verkniff mir ein Lächeln. Ich war stinkesauer, auch wenn Conny gegen Ende mitgeholfen hatte, sich um alles zu kümmern. Aber da waren ja auch ihre Kollegen gegangen.

„Jetzt spuck es schon aus. Was ist los? Du hast doch was!"

„Allerdings!", stieß ich zornig hervor. „Du hast mich ganz schön mit allem alleine gelassen!" Es tat gut, den Ärger rauszulassen.

Conny machte ein ungläubiges Gesicht. „Meinst du nicht, dass du da übertreibst? Ich habe mich auch um Gäste gekümmert und außerdem hat sich niemand beklagt. Alle haben sich amüsiert."

„Ach ja? Und wer musste sich um unsere alten Nachbarn kümmern? Da hast du mich wirklich alleine mit gelassen", beklagte ich und leerte mein Weinglas in einem Zug.

„Okay, das habe ich verpasst, aber immerhin bist du hier die Hausbesitzerin und wichtiger als meine Wenigkeit."

Das saß. Fühlte sich Conny wirklich so zweitrangig? Ich hatte mich meiner Meinung nach jedenfalls nicht hier als Hausherrin aufgespielt.

„Du spinnst ganz schön!", sagte ich. „Auf alle Fälle hast du dich fast nur um deine Kollegen gekümmert. Ich habe genau gesehen, wie du besonders mit der Dunkelhaarigen rumgeschäkert hast."

„Daher weht also der Wind", lachte Conny. „Du bist eifersüchtig. Sarah ist eine liebe Kollegin, mehr nicht."

„Das sah aber ganz anders aus." Ich musste zugeben, dass ich tatsächlich eifersüchtig gewesen war. Immerhin war Sarah eine exotische Schönheit.

„Klara, Liebes, nun lach doch mal!" Conny begann mich zu kitzeln. Sie wusste genau, dass ich dagegen nicht ankam. Schon rang ich nach Luft und flehte darum, dass sie aufhören solle.

„Erst wenn du wieder normal bist. Ich liebe dich, du Dummerchen!" Feste umarmte mich Conny und gab mir einen leidenschaftlichen Kuss, der meine schlechte Laune vertrieb.

***

51

In den kommenden Monaten vertiefte sich mein Kontakt zu Leon. Wir telefonierten oft und er schilderte mir seine Gewissensbisse gegenüber meinen Eltern. Besonders hatte er dabei Angst vor meinem Vater, er wollte diesen nicht enttäuschen. Dass er das Sportstudium aufgegeben hatte, war für meinen Vater nur schwer zu akzeptieren gewesen. Er sah einfach große sportliche Qualitäten in meinem Bruder. Dass dies nur sein Wunschdenken war, diesen Gedanken ließ er nicht zu. So machte Leon weiter Motorradtouren mit unserem Vater, um ihn bei Laune zu halten. Ihm zu sagen, dass er schwul sei und dazu noch mit einem Pfarrer liiert, das traute er sich trotz meines Zuredens nicht. Er wusste, dass unser Vater das niemals akzeptieren würde. Ja, für ihn würde eine Welt zusammenbrechen. Schlimm genug, dass seine Tochter sich als lesbisch geoutet hatte. Und wenn nun auch noch sein Sohn ...

Ich versuchte, Leon davon zu überzeugen, dass es sein Leben sei und dass er nicht auf ewig Rücksicht auf die Gefühle unserer Eltern nehmen konnte. Aber es half nichts und Leons Partner Bernhard wollte ihn zu nichts drängen. Immerhin war es für Bernard auch nicht einfach gewesen, seine Homosexualität der Gemeinde zu offenbaren. Letztendlich verschob Leon die Aussprache mit unseren Eltern von Monat zu Monat, auch wenn er psychisch schwer angeknackst war.

Ich hatte bald keinen Nerv mehr, mich mit den Sorgen meines Bruders zu befassen, solange er nichts unternahm. Und mir passte es nicht, dass Conny nun öfter mit ihren Kollegen ausging. Einmal war ich mitgegangen, aber fühlte mich völlig fehl am Platze. Die Gesprächsthemen handelten von Patienten und Ärzten. Was sollte ich dazu beitragen? So stand ich wie belämmert daneben und nippte an meinem Wein, während es innerlich in mir vor Eifersucht brodelte. Ich überlegte mir, aus Rache mit den Kollegen meiner Schule auszugehen, aber da war nur die Sportlehrerin infrage gekommen. Nur – die hatte ausgerechnet ein Verhältnis mit dem Konrektor angefangen und verbrachte jede freie Minute, die er ihr zugestand, mit ihm.

An einem Mittwochabend war ich alleine, da Conny Nachtdienst hatte. Auf der Couch machte ich es mir gemütlich, schaltete den Fernseher an und zappte durch die Sender, als es gegen halb neun klingelte. Neugierig öffnete ich die Tür und rechnete mit meinem Bruder, aber stattdessen begrüßte mich Tina und ihr Cocker stürmte an uns vorbei in Richtung Küche.

„Sorry, dass ich so unangemeldet komme", begann Tina und ließ sich auf der Couch nieder. Ihr Hund Dino kam aus der Küche getrottet und legte sich unter den Couchtisch, nachdem ich ihm reichlich Streicheleinheiten verabreicht hatte.

„Kein Problem. Freue mich über deinen Besuch. Du wolltest bestimmt die Schüssel von der Feier, die hier noch steht." Darin hatte Tina als kulinarischen Beitrag einen Nudelsalat geliefert.

„Ach, daran habe ich gar nicht mehr gedacht. Also, was ganz anderes. Du magst doch Hunde?"

Ich nickte und war gespannt, was nun kommen würde. Wahrscheinlich sollte ich Hundesitter für sie spielen.

„Ich habe einen Hund für dich!"

Perplex schaute ich Tina an. Was war das denn? Wie kam sie darauf, mir einen Hund zu geben?

„Schau mich nicht so entgeistert an. Guck dir erst einmal dieses Foto an. Ist der nicht süß?" Aus ihrer Handtasche kramte sie das Foto von einem Cocker Spaniel hervor. „Das ist Timmy. Timmy ist zwei Jahre alt und Vollwaise."

„Vollwaise?" Irgendwie hatte es mir die Sprache verschlagen.

Dann erzählte Tina, dass die Besitzer von Timmy vor einem halben Jahr bei einem Autounfall ums Leben gekommen waren. Da niemand sich um den Hund kümmern konnte oder wollte, kam er zurück zu der Züchterin, von der auch Tina ihren Hund bekommen hatte. Und die suchte nun ein neues Zuhause für Timmy.

„Der wäre doch super für dich. Du hast hier genug Platz, einen Garten. Ringsum Felder zum Spazierengehen und du könntest ihn sogar als Begleithund ausbilden und mit in die Schule nehmen." Erwartungsvoll schaute mich Tina an.

Das alles kam dermaßen unerwartet. Wie sollte ich so etwas sofort beantworten? Der Hund war wirklich süß und ich dachte an Pablo und wie toll die Zeit mit ihm gewesen war. Es wäre schön, einen Hund an der Seite zu haben. Aber was würde Conny dazu sagen? Sie müsste zumindest ihr Einverständnis geben.

„Ich kann das jetzt wirklich nicht sofort entscheiden, Tina. Erst muss ich mit Conny sprechen, dann muss ich mir den Hund ansehen und schauen, ob die Chemie zwischen uns stimmt. Wenn, dann soll er sich hier auch wohlfühlen." Innerlich hatte ich Timmy bereits ins Herz geschlossen und freute mich darauf, ihn in den Arm zu nehmen. Hoffentlich hatte er dann auch Zutrauen zu mir.

„Ja, ist doch klar. Aber ich kann Frau Gödecke zumindest Bescheid geben, dass du nicht abgeneigt bist. Und wenn Conny einverstanden ist,

dann fahren wir am Samstag nach Dormagen und besuchen Timmy."
Beim Abschied trennten wir uns mit einer herzlichen Umarmung voneinander.
Hoffentlich würde Conny einverstanden sein. Mein Puls beschleunigte
sich bei dem Gedanken, bald einen Hund zu haben, stetig. So überlegte
ich mir, wie ich Conny davon überzeugen konnte, zuzustimmen.

**

Ich musste allerdings gar keine Überzeugungsarbeit leisten. Als Conny
das Foto von Timmy sah, war sie direkt begeistert. Allerdings stellte sie
klar, dass ich mich um den Hund kümmern müsse. Sie würde mir zwar
helfen bei der Pflege, den Spaziergängen und der Erziehung, letztendlich
läge die volle Verantwortung aber bei mir. Ich war so glücklich, dass ich
Conny fast erdrückte, so fest umarmte und küsste ich sie.

So löste sich Conny nach Luft schnappend aus meiner Umklammerung.
„Bist du stürmisch. Du kommst mir vor wie ein Kind, dessen sehnlichster
Wunsch in Erfüllung gegangen ist", lachte meine Freundin. „Vielleicht
hast du genug Kraft und öffnest uns eine Flasche Sekt. Ich denke, auf den
neuen Familienzuwachs müssen wir einen trinken."

Es dauerte noch einen Monat, bis Timmy bei uns einzog. Zuvor besuchten wir ihn mehrmals in der Woche und von Anfang an fasste er
Vertrauen zu uns. Trotzdem wurde eine vierwöchige Probezeit vereinbart.
Sollte Timmy mit uns oder wir mit ihm nicht klarkommen, dann könnte
er zurück zu der Züchterin.

Ich war sicher, dass es keine Schwierigkeiten geben würde. Da Sommerferien waren, hatte ich den ganzen Tag, um mich intensiv mit Timmy
zu befassen. Wir streunten in der Umgebung umher und machten nach
und nach Bekanntschaft mit anderen Hunden aus der Nachbarschaft. Wie
bei den Menschen auch gab es dabei große Sympathien, aber auch Abneigung. Diesen Hunden ging ich immer aus dem Weg. Außerdem besuchten wir eine Hundeschule in der Nähe und beide lernten wir einiges.
Wenn Conny aus dem Krankenhaus kam, dann wurde sie von Timmy
stürmisch begrüßt und musste erst einmal eine Krauleinheit geben. Wir
waren glücklich und froh, dass wir uns für den Hund entschieden hatten.
Ich begann mit der Ausbildung zum Begleithund, damit ich Timmy mit
in die Schule nehmen konnte. Er war zwar absolut friedlich und kinderlieb, aber den Schein brauchte ich dennoch. Bei der Schulleitung hatte ich
bereits das Einverständnis eingeholt.

Alles verlief reibungslos. Die Vorbesitzer hatten anscheinend schon intensiv mit Timmy geübt. Das einzige Problem war, dass ich keine Lust hatte, auszugehen und Timmy alleine zu lassen. Conny fügte sich, wenn auch ohne Begeisterung, sodass wir meistens reichlich Gäste einluden. Auch Silvester blieben wir zu Hause, anstatt wie früher in einem Lokal mit Freunden zu feiern.

Ich war glücklich mit meinem Leben. In der Schule hatte ich eine Theater AG übernommen und die Mitnahme von Timmy wirkte sich durchweg positiv auf Schüler aus, mit denen es ansonsten Probleme gab, sodass ich manch einem durch ein vertrauliches Gespräch helfen konnte.

Nur meinen Bruder konnte ich nicht dazu bringen, endlich unseren Eltern reinen Wein einzuschenken. Immer noch verheimlichte er vor ihnen seine Homosexualität. Immerhin war er zu Hause ausgezogen und hatte neben dem Pfarrhaus eine kleine Wohnung mieten können. Auf diese Weise konnten sich Bernhard und Leon immer treffen, ohne ihre Beziehung öffentlich zu machen. Während Leon weiterhin regelmäßig zu unseren Eltern fuhr und auch Zeit mit unserem Vater verbrachte, hatte ich seit meinem Einzug in das Haus meiner Oma keinen Kontakt mehr zu ihnen gesucht. Von ihrer Seite gab es allerdings dahin gehend auch keine Anstrengungen.

Es dauerte nicht lange, bis bei Conny und mir Routine eingezogen war. Ich kümmerte mich um Timmy und das Essen. Die Hausarbeit teilten wir uns, wenn möglich, wobei Conny sich immer öfter über meine unzureichenden Putzarbeiten beschwerte. Wenn sie gerade die Küche geputzt hatte, Timmy nach einem Spaziergang zu seinem Trinknapf stürzte, sich schüttelte und dann durch die Pfützen mit seinen staubigen Pfoten stampfte, flippte Conny aus und verbannte Hund, Näpfe und mich auf die Terrasse. Jedes Hundehaar war dann zu viel für ihre Nerven. Timmy und ich zogen uns meist zurück und kamen erst nach dem Wutausbruch wieder zum Vorschein. Anfangs schaffte ich es auch, Conny mit Schmuseeinheiten und einem Verwöhnprogramm aus Schaumbad und Massage zu besänftigen. Aber bald schien dies nicht mehr so zu funktionieren. Conny erschien mir schlecht gelaunt und begann auch wieder, abends auszugehen. Ohne mich!

„Ich brauche das, Klara", sagte sie dann, während sie Make-up auflegte. „Bei meinem anstrengenden Beruf muss ich mal raus! Jeden Tag nur Kranke um sich haben, ist wirklich kein Vergnügen."

Ich saß auf dem Rand der Badewanne und sah zu, wie Conny sich schminkte. „Mein Job ist auch nicht ohne. Was meinst du wohl, was für

Probleme ich mit Schülern zu lösen habe? Und da gibt es wirklich schwere Fälle!"

„Du hast ja Timmy als Ausgleich", konterte Conny mit einem schnippischen Unterton.

„Einer muss sich schließlich um ihn kümmern!" Kunstvoll bemalte Conny ihren Mund mit rotem Lippenstift. „Du wolltest doch einen Hund und nicht ich. Also beklagt dich nicht. Und außerdem könntest du wirklich mehr darauf achten, dass nicht überall Hundehaare rumfliegen."

„Ach, auf einmal stört dich das. Timmy ist kein Pudel, der nicht haart. Von ein paar Hundehaaren ist noch niemand gestorben. Soll ich hier alles desinfizieren wie im Krankenhaus?" Mir wurde heiß bei der Wut, die in mir aufstieg.

„Timmy stört mich nicht, aber dein Verhalten. Du lebst ja nur noch für den Hund! Schau dich mal an, wie du aussiehst!" Durch den Spiegel warf mir Conny einen herablassenden Blick zu.

„Was soll das denn jetzt? Du lebst ja nur noch für dein Krankenhaus und abends rauszugehen. Du bist wohl eifersüchtig auf Timmy? Das ist doch lachhaft!" Empört schüttelte ich den Kopf über so viel Unsinn.

Conny drehte sich zu mir um. Ich las Verachtung und Hochmut in ihrem Blick, was mich noch wütender machte. Sie wusste genau, dass ich mit dieser Art überhaupt nicht umgehen konnte.

„Mach, was du willst. Ich gehe heute aus und solltest du dich irgendwann mal von deinem Liebling trennen, dann kannst du mich gerne begleiten. Allerdings nicht in dem Look, den du zurzeit trägst." Damit ließ sie mich sprachlos im Badezimmer alleine. Ich hörte wie sie Tasche und Schlüssel von der Garderobe nahm und verschwand.

„Du kannst mich mal!", schrie ich hinter ihr her, aber war mir nicht sicher, ob die Worte sie noch erreichten. Wutentbrannt und mit Tränen in den Augen schnappte ich Timmys Leine und rief ihn zu einem Spaziergang durch die Felder. Mein Herz schlug wie wild und ich musste an die frische Luft, um tief durchzuatmen und mich zu beruhigen. Was war nur mit uns passiert? Ich hatte das Gefühl, dass das feste Band, was uns immer zusammengehalten hatte, Risse bekommen hatte. War ich etwa an allem schuld? Vielleicht hatte ich mich wirklich kaum noch um Conny gekümmert. Aber sie hatte sich ebenso wenig um mich gekümmert. Jeder von uns hatte begonnen, eigene Wege zu gehen. Was konnte ich tun? Liebte ich Conny noch? Ja, mahnte ich mich, aber im Innersten musste ich mir eingestehen, dass sich unsere Liebe inzwischen langsam verflüchtigte. Und eines war klar, wenn, dann mussten wir beide daran arbeiten, wieder eine liebevolle Beziehung zu führen.

In den folgenden Wochen schien sich unsere Beziehung allmählich zu beruhigen. Ich bemühte mich, mehr mit Conny zu unternehmen, und Conny ging jetzt öfter zusammen mit mir und Timmy spazieren. Wenn wir miteinander schliefen, suchte ich vergebens nach der Sehnsucht, mit Conny zu verschmelzen. Es war, als würde uns eine unsichtbare Mauer trennen, aber jede von uns ignorierte dies und tat, als sei alles wie zuvor. Bis Conny mir eines Abends beim gemeinsamen Abendbrot eröffnete, dass sie an dem folgenden Wochenende zu einer Fortbildung nach Freiburg fahren würde.

„Nach Freiburg? Und so plötzlich?", fragte ich und fühlte mich von dieser Nachricht regelrecht überrumpelt.

„Für mich kam das auch überraschend!", plauderte Conny und bestrich ihr Brot mit Frischkäse. Sie schien sich auf die Fortbildung zu freuen. „Eigentlich sollte Monika fahren, aber die musste akut absagen. Also bin ich gefragt worden, ob ich für sie einspringen würde."

„Na super! Und da hast du natürlich nicht Nein gesagt!", maulte ich.

„Hast du was dagegen? Ich konnte und wollte das nicht absagen. Es geht darum, wie man als Krankenschwester mit dem Stress in der Klinik umgehen kann. Also Meditationstechniken und Erfahrungsaustausch."

„Und das muss natürlich in Freiburg am Ende der Welt sein!", wandte ich ein und leerte in einem Zug mein Weinglas, um es gleich wieder aufzufüllen.

„Klara, du nervst mich. Akzeptier einfach, dass ich da hinfahre!" Constanze sah mich ärgerlich an.

„Mach doch, was du willst. Bestimmt fährt deine Sarah doch auch mit!" Constanze schüttelte verstimmt den Kopf. „Weißt du, wenn du wieder normal bist, dann können wir gerne weiterreden, aber dein Kindergeplärre und diese Eifersucht ist einfach nur lächerlich!" Sie stand auf, verließ die Küche und knallte die Tür zu unserem Schlafzimmer zu.

Voller negativer Emotionen starrte ich auf die Tür. Timmy hatte sich bei dem lautstarken Streit auf seine Hundedecke verzogen. Jetzt kam er angetrottet und legte seine Schnauze auf mein rechtes Knie. Ich fasste ihn unter den Bauch, setzte ihn mir auf den Schoß und vergrub mein Gesicht in seinem weichen Fell. „Du verstehst mich, mein Kleiner."

Später ging ich leise ins Schlafzimmer. Conny saß auf dem Bett und telefonierte, vor ihr auf dem Bode lag unser Trolley. Sie hatte mich noch nicht bemerkt, schien aber bester Laune zu sein, so wie sie mit dem anderen

Teilnehmer lachte. Ich wollte mich diskret zurückziehen, dabei stieß ich gegen einen ihrer High Heels, der im Weg lag.

„Du, ich muss Schluss machen. Machs gut. Wir sehen uns!" Conny legte den Hörer auf und schaute mich fragend an. „Und, hast du dich beruhigt und tickst wieder normal?"

Ich wollte schon mit einer aggressiven Bemerkung antworten, schluckte sie aber noch rechtzeitig herunter. Es hatte keinen Sinn, weiterhin zu streiten. Zudem schien es Conny sehr gut zu gehen, sie litt anscheinend nicht wie ich unter unserem Disput. Mit wem sie wohl gerade so vertraut telefoniert hatte? Ich biss mir auf die Unterlippe, um nicht zu fragen, denn darauf wartete sie bestimmt.

„Hast du schon gepackt?" Ich fläzte mich auf das Bett und tat gleichgültig.

„Ja, ich brauche ja nicht viel für ein Wochenende. Nur meine schwarze Bluse finde ich nicht."

„Die ist noch in der Wäsche!", erklärte ich trocken. Jetzt würde sie mich wieder dafür verantwortlich machen, durchfuhr es mich.

Aber Conny zuckte nur gleichgültig mit den Schultern. „Dann nehme ich eben die braune Bluse."

„Ich kann auch eine Maschine Wäsche anstellen. Bis du fährst, ist sie trocken und gebügelt", bot ich an und sah das als eine Art Friedensangebot.

Conny schüttelte aber nur mit dem Kopf. „Das ist lieb, aber muss nicht sein!"

Wir schwiegen und die Stille erzeugte bei mir Bauchschmerzen. Etwas lief schief in letzter Zeit mit unserer Beziehung. Ob Conny das auch spürte? Manchmal war sie so abgeklärt. Vielleicht war ich auch zu empfindlich.

„Ich geh noch eine Runde mit Timmy. Kommst du mit?" Erwartungsvoll sah ich Conny an, aber sie verneinte meine Frage.

„Geh du ruhig. Ich möchte das hier zu Ende bringen. Viel Spaß!"

Viel Spaß. War das jetzt ehrlich gemeint oder sarkastisch? Momentan legte ich wirklich jedes Wort auf die Waagschale. Ich hätte Conny ja auch freundlicher zu dem Spaziergang einladen können. Früher hätte ich gesagt, dass es nur mit ihr an meiner Seite ein schöner Gang werden würde. Aber die Worte brachte ich einfach nicht über mich. Heute war Donnerstag und morgen würde Conny direkt nach der Arbeit nach Freiburg fahren. Vor uns lag also nur dieser Abend und diese Nacht, um uns endlich wieder in den Armen zu liegen und die Nähe zu spüren.

***

Wir schliefen in der Nacht miteinander, aber die Leidenschaft und Vertrautheit war verschwunden und ich fiel in einen unruhigen Schlaf. Demzufolge war ich am Morgen unausgeschlafen und nach dem gemeinsamen Frühstück fiel die Verabschiedung nur gespielt herzlich aus. Conny schien aufgedreht und bester Laune, als sie zum Krankenhaus fuhr. Sie freute sich sichtlich auf ihren Trip nach Freiburg.

Missmutig kam ich mit Timmy in der Schule an und verschwand entgegen meiner Gewohnheit, als Erstes eine Stippvisite ins Lehrerzimmer zu machen, direkt in meinem Büro. Immerzu flogen meine Gedanken zu Conny und was sie wohl jetzt gerade tun würde. Ob sie mich vermisste?

Das Klopfen an meiner Tür stupste mich in die Gegenwart zurück. Frau Heinrich, eine der Lehrerinnen, mit der ich nicht warm wurde. Sie war um die fünfzig und strahlte Strenge aus. Bei den Schülern war sie gefürchtet und unbeliebt. „Guten Morgen! Eigentlich hatte ich im Lehrerzimmer auf Sie gewartet, aber umsonst!"

Wollte sie mir damit ein schlechtes Gewissen machen? Nicht mit mir. „Nun sind Sie ja hier. Was kann ich für Sie tun?", entgegnete ich selbstbewusst und machte keine Anstalten, aufzustehen oder ihr einen Platz anzubieten.

„Am Montag kommt eine neue Schülerin in meine Klasse. Es wäre wünschenswert, dass Sie das Mädchen in Empfang nehmen und dann durch die Schule führen. Wahrscheinlich wird es von seiner Mutter oder dem Vater begleitet." Der Tonfall besagte, dass dies kein Wunsch, sondern eine Order war.

Typisch Frau Heinrich! Sollte sie sich doch selbst darum kümmern. Aber natürlich gehörte dies zu meinen Aufgaben und so nahm ich den Hefter mit den Unterlagen zu der neuen Schülerin, den mir die Lehrerin wortlos auf meinen Schreibtisch legte. Sie nickte mir unmerklich zu und verließ mein Büro.

„Blöde Kuh!", murmelte ich und widmete mich den Unterlagen. Das Mädchen hieß Antonia Hofer, war dreizehn Jahre alt, und kam aus München. Wie konnte man ein Kind Antonia nennen, da war schon vorauszusehen, wie sie deswegen gehänselt wurde. Vater war Chirurg und hier ins Krankenhaus gewechselt. Nein, es war nicht das Krankenhaus, in dem Conny arbeitete. Mutter Hofer wurde in der Akte als Hausfrau geführt. Neben Antonia gab es noch den achtzehnjährigen Konstantin und den fünfjährigen Sebastian. Also war Antonia ein sogenanntes Sandwich-Kind. Bekanntermaßen bekamen diese Kinder die wenigste Aufmerksamkeit. Der Erstgeborene hatte eine besondere Stellung und natürlich der Nachzügler.

Wenn ich an meine Schwester dachte, traf diese Theorie allerdings nicht zu. In Gedanken stellte ich mir Mutter und Tochter in bayrischer Tracht vor. Das konnte ja lustig werden.

Nach Feierabend lief ich zu Hause nervös im Wohnzimmer hin und her. Spielte mit Timmy, indem ich seinen Lieblingsteddy durch die Luft warf, aber bei der Sache war ich nicht. Ich wartete auf ein Lebenszeichen von Conny. Immerhin könnte sie ja wohl durchgeben, dass sie gut in Freiburg gelandet sei. Aber Telefon und Handy blieben stumm. Nicht einmal eine SMS schickte sie.

Ich verkniff mir, ihr selbst eine zu schicken. Nein, die Blöße wollte ich mir nicht geben. Sie sollte sich nicht einbilden, dass ich hier saß und auf einen Anruf wartete.

„Komm, Timmy, wir gegen Gassi!" Vielleicht half der Spaziergang, auf andere Gedanken zu kommen.

Wie immer freute sich Timmy über jeden Hund, dem er begegnete. Mit dem ein oder anderen rannte er dann um die Wette. Die Hundebesitzer hier in der Gegend kannten sich und wussten inzwischen, welche Hunde sich vertrugen und welche nicht. Immer wieder trugen mich meine Gedanken aber zu Conny und so bemerkte ich auch zu spät den Hund, der sich von seiner Besitzerin losgerissen hatte, angerannt kam, mich ansprang, um sich dann über Timmy herzumachen.

„Bella! Bei Fuß! Komm sofort her!" Außer Atem kam die Besitzerin angelaufen, fasste ihren Hund, einen wolligen Berner Sennenhund, am Halsband und legte die Leine an. Ihr Hund wedelte freudig mit der Rute und versuchte, Timmy zum Spielen zu animieren.

„Entschuldigen Sie. Bella hat sich losgerissen, ich konnte sie nicht halten. Ist Ihnen oder Ihrem Hund etwas passiert?" Die Frau war sichtlich aufgeregt und entschuldigte sich unentwegt.

„Ist doch nichts passiert. Sehr stürmisch, Ihr Hund, aber scheinbar ganz friedlich!", beruhigte ich die Frau.

Sofort entspannte sie sich und schenkte mir ein dankbares Lächeln. „Bella ist wirklich ein friedlicher und verschmuster Hund. Sie muss sich hier erst einmal alles erschnüffeln. Wir sind gerade erst hierher gezogen. Da drüben in die Neubausiedlung."

Die Neubausiedlung bestand aus exklusiven Einzelhäusern. Für mein Gehalt unbezahlbar. „Ach da", sagte ich deshalb nur, „Na, dann werden wir uns ja vielleicht öfter beim Spaziergang begegnen. Komm, Timmy, wir müssen nach Hause." Ich zog Timmy zu mir, der Gefallen an der Hündin gefunden hatte. Die zwei schienen sich gut zu verstehen.

„Ja, das wäre schön. Noch einen schönen Tag!" Die Frau lächelte mich wieder an und ging dann weiter.

„Was für ein schönes Lächeln", dachte ich und schaute ihr hinterher. Sie sah sehr attraktiv aus, aber wirkte sehr natürlich und nicht überheblich wie ich es von einer Bewohnerin der Neubausiedlung erwartet hätte. Natürlich trug sie Markenklamotten. Barbour Jacke, Stiefel und Hut. Dagegen sah ich in meiner verschlissenen Wanderjacke und den ausgelatschten Wanderschuhen nicht gerade ansprechend aus. Na ja war ja auch egal. Jetzt wollte ich nur noch nach Hause, dann würde ich Conny eine SMS schreiben. Mir reichte es mit der Warterei.

Als ich mich mit Timmy auf Sofa setzte und mein Handy in der Hand hielt, zögerte ich doch, eine Nachricht zu schicken. Dann besiegte ich meinen Stolz und sendete Conny lediglich drei Fragezeichen und einen zerknirscht dreinschauenden Smiley.

„Wenn sie sich jetzt immer noch nicht meldet, flipp ich aus!", sagte ich zu Timmy, der mich mit seinen treuen Augen fixierte und dann meine Hand leckte. Es dauerte tatsächlich keine Minute, da kam eine Antwort.

Hallo Klara. Bin gut angekommen. Seminar ist anstrengend, aber sehr gut. Bin müde und gehe jetzt zum Abendessen und danach direkt ins Bett. Küsschen Conny

Na super. Es war gerade mal neunzehn Uhr. Und da dachte sie schon ans Schlafen. Und überhaupt. Wie bescheuert war das denn: Küsschen! Ich war sauer, worauf genau konnte ich nicht einmal sagen. Aber Conny hätte ja auch schreiben können, dass sie mich später aus ihrem Zimmer anrufen würde. So hatte sie mir quasi zu verstehen gegeben, dass damit unsere Kommunikation für diesen Tag zu Ende war. Hätte ich anrufen sollen? Ich hatte mich auch nicht gerade toll verhalten.

Schlaf gut!, tippte ich ins Handy und drückte auf Abschicken. Zu mehr konnte ich mich nicht durchringen. Dann nahm ich den Telefonhörer und wählte die Nummer meines Bruders. Es dauerte, bis er abhob, im Hintergrund hörte ich Stimmen. Er war nicht alleine.

„Hallo Bruder. Stör ich?"

„Na ja, wir sitzen hier gerade mit Freunden und essen. Gibt es etwas Wichtiges?"

„Nein, kein Problem. Lass es dir schmecken. Ich melde mich vielleicht morgen noch mal." Toll, irgendwie hatte ich heute nur negative Erlebnisse. Allen schien es gut zu gehen, nur ich hauste hier einsam und verlassen.

Selbstmitleid breitete sich in mir aus. Ich zog Timmy auf meinen Schoß und schmuste mit ihm. Immerhin hielt er treu zu mir.

Den Samstag über versuchte ich, mich durch lange Spaziergänge mit Timmy abzulenken. Den tapsigen Berner Sennenhund trafen wir diesmal nicht, darüber war ich sogar ein bisschen enttäuscht. Ob Conny sich melden würde? Das wäre ja wohl das Mindeste, was ich erwarten konnte. Auf gut Glück fuhr ich zu meinem Bruder, aber nicht er öffnete mir die Tür, sondern sein Freund.

„Komm rein, Klara. Na, Timmy, du süßer Kerl!" Bernhard beugte sich zu meinem Hund herunter und kraulte ihn fachmännisch hinter den Ohren, was sich Timmy nur allzu gerne gefallen ließ.

„Ich wollte nur mal so vorbeischauen", entschuldigte ich meinen Spontanbesuch. „Ist Leon nicht da?" Dafür, dass hier zwei Männer hausten, sah es besser aufgeräumt und sauberer aus als in meinem Haus.

„Setz dich doch. Möchtest du einen Tee? Ich bin gerade dabei, die Predigt für morgen zu verbessern." Bernhard ging voraus ins Wohnzimmer und wies mir einen Platz auf der orangefarbenen Couch zu.

„Mutige Farbe", dachte ich, aber sie strahlte Behaglichkeit aus und erwies sich als sehr bequem. Ein bisschen seltsam war es schon, hier mit einem Pfarrer zu sitzen, so ganz locker wurde ich nicht.

„Ich bin auch gleich wieder weg, habe noch einen Termin!", log ich und lehnte das Teeangebot ab.

„Du störst nicht, Klara. Kann ich dir helfen?" Bernhard schien meine Anspannung zu spüren.

Wurde das jetzt eine Beichtstunde? Aber das war ja hier nicht katholisch. „Geht es meinem Bruder gut?" Kaum dass ich diese Frage gestellt hatte, hätte ich mir auf die Zunge beißen können. Wie dämlich war das denn? Jetzt musste Bernhard denken, dass ich etwas gegen die Beziehung der beiden hatte.

Aber der Pfarrer lächelte mich nur milde an. „Ich denke schon, dass es Leon gut geht. Auch wenn wir es natürlich nicht leicht haben, da unsere Beziehung nicht toleriert wird. Zumindest von den meisten der Gemeindemitglieder ..."

„Und von meinen Eltern nicht!", ergänzte ich vorlaut.

„Ja, das wird wohl so sein. Bisher wissen sie noch nichts von deinem Bruder und mir. Leon hat Angst vor einem Gespräch und findet immerzu Ausreden, sich seinen Eltern gegenüber zu outen."

„Kann ich mir gut vorstellen. Das ist ja auch nicht einfach. Vielleicht sollte ich bei solch einer Aussprache dabei sein."

„Tja, darüber müssten wir mit Leon sprechen. Er muss dazu bereit sein. Auf Druck geht gar nichts. Übrigens ist er heute mit eurem Vater unterwegs. Sie machen eine Motorradtour in die Eifel."

„Oh nein. Dass er damit nicht aufhört. Soll er doch diese dämliche Maschine einfach verkaufen! Ich weiß doch, dass ihm gar nichts daran liegt. Warum lässt er sich immer wieder darauf ein?" Ich wurde langsam wütend auf meinen Bruder.

„Er schafft es nicht. Deinen Vater vor den Kopf zu stoßen, dazu ist er noch nicht in der Lage. Lieber heile Welt vorgaukeln. Ich finde es auch schade, aber wie gesagt, Leon scheut die Auseinandersetzung." Bernhard wirkte darüber betrübt, auch wenn er sicherlich seinem Freund in jeder Beziehung zur Seite stand.

„Okay, ich werde dann mal gehen. Und mit meinem Bruder werde ich ein ernstes Wörtchen reden. So kann es nicht weitergehen. Lieber mit den Lügen aufhören, danach wird er sich leichter fühlen!"

Wenn mein Vater durch Zufall dahinter kommen sollte, dass sein Sohn schwul und mit einem Pfarrer liiert war und zudem das Sportstudium schon längst geschmissen hatte, dann wäre das schlimmer, als endlich Klartext zu reden.

Den Sonntag verbrachte ich mit Warten. Warten auf Conny, denn wann sie ankommen würde, das wusste ich nicht. *Freu mich auf dich,* hatte ich ihr per SMS geschrieben, aber von Herzen kam diese Aussage nicht. Ich war zu verletzt, musste ich mir eingestehen. Als Antwort kam lediglich ein lachender Smiley zurück. So wartete ich voller Unruhe auf Connys Rückkehr. Wie würde sie sich verhalten? Freute ich mich auf sie oder war da mehr Wut in mir. Endlich, gegen 20.00 Uhr, kam Conny. Sie wirkte aufgedreht und sah übermüdet aus.

„Hallo Liebes, mein Gott, was für eine Fahrerei. Aber Freiburg ist einfach traumhaft, du bist direkt in der Natur. Einmalig und das tolle Essen. Ich habe bestimmt zwei Kilo zugenommen …" Sie stellte ihren Koffer in der Diele ab und ließ sich sichtbar erschöpft auf dem Sofa nieder, nachdem sie mir einen Kuss auf den Mund mehr oder weniger gehaucht hatte. Ich ließ mich ihr gegenüber in einem der Sessel nieder, anstatt mich neben sie auf die Couch zu setzen. Freiburg war wohl super gewesen, dabei hatte ich insgeheim gehofft, dass Conny alles mies gefunden und somit den Kurztrip bereut hätte. Stattdessen nahm ihre Schwärmerei gar kein Ende mehr. „Ich bin total platt und morgen habe ich Frühdienst. Ich leg mich jetzt direkt ins Bett. Morgen Abend reden wir miteinander. Aber jetzt bin ich wirklich fix und fertig und zu nichts mehr zu gebrauchen."

Was sollte ich dazu sagen? Immerhin war damit geklärt, dass wir nicht miteinander schlafen würden.

„Lass dich mal umarmen!", sagte Conny plötzlich und schlang die Arme um mich. Fragend blickte sie mich an. „Bist du sauer oder schlecht gelaunt. Du hast doch was!"

Ich schluckte, konnte ja schlecht sagen, dass ich sauer auf sie war und das Gefühl hätte, sie sei mir noch fremder geworden als vor dem Wochenende. „Unsinn. Ich bin auch müde. Leg dich ruhig schon hin. Muss noch eine Runde Gassi mit Timmy gehen, dann komme ich ins Bett."

Conny schien sich mit dieser Antwort zufriedenzugeben. „Kann aber sein, dass ich dann schon schlafe. Beeil dich also!", gab sie mir noch mit auf den Weg, als ich Timmy zu mir rief und ihm die Leine anlegte.

Ich hatte allerdings nicht vor, mich zu beeilen. Insgeheim hoffte ich, dass Conny schlafen würde, wenn ich zurückkäme. Auf eine Diskussion, was in unserer Beziehung schieflief, hatte ich wahrlich keine Lust. Ich ließ mir mit dem Spaziergang also Zeit und da es schon dunkel war, schlenderte ich durch das Neubaugebiet. Wie es der Zufall wollte, kam aus einem Haus gerade Bella mit Frauchen. Stürmisch begrüßten sich die Hunde und beschnüffelten sich achtsam.

„Auch noch eine letzte Runde?", fragte die Frau, deren Namen ich nicht kannte.

„Ja, muss ja sein und so lange es nicht regnet, tut es ja auch gut."

„Das stimmt. Also, dann eine angenehme Nacht, wir gehen nur kurz um den Block. Komm Bella!"

„Ja, eine gute Nacht, komm, Timmy, wir sind auch fertig und gehen zurück!" Unsere Wege trennten sich und ich machte mich auf den Weg nach Hause.

Möglichst leise gingen wir ins Haus, ich gab Timmy noch sein Abendleckerli und machte mich dann im Badezimmer bettfertig. Fast geräuschlos legte ich mich in das Bett neben Conny, die aber bereits hörbar schlief. Morgen würden wir uns nicht sehen, denn ihr Frühdienst begann um 6 Uhr und spätestens um Viertel vor sechs verließ Conny das Haus. Ich würde erst aufstehen, wenn sie schon weg war. Unsere Aussprache musste also bis zum Nachmittag warten.

***

Ich hatte lange wach gelegen und gegrübelt, musste dann aber doch irgendwann eingeschlafen sein. Als Conny gegen fünf Uhr aufstand, merkte ich das, stellte mich aber schlafend. Erst als die Haustür zuschlug und Conny gegangen war, stand ich auf. Nach einer intensiven Kuschelrunde mit Timmy ging ich ins Badezimmer, um mich fertig zu machen. Der bevorstehende Nachmittag lag mir schwer im Magen und ich überlegte kurz, ob ich mich krank melden sollte. Aber dann fiel mir ein, dass die neue Schülerin heute kommen würde, und vielleicht war es auch gut, sich mit Arbeit abzulenken. Vielleicht machte ich mir unnötig Gedanken, dass es eine negative Aussprache werden würde. Es könnte doch auch sein, dass Conny eine tolle neue Idee hatte, die sie mir mitteilen wollte.

In der Schule setzte ich Kaffee auf und stellte zwei Tassen auf den Tisch. Das Mädchen würde sicherlich keinen Kaffee trinken. Für sie platzierte ich eine Tasse und eine Wasserflasche. Gerade war der Kaffee durchgelaufen, als es an meiner Bürotür klopfte und Mutter und Tochter Hofer eintraten. Mir blieb erst einmal die Spucke weg, denn die Frau war keine andere als die Frau mit dem Berner Sennenhund. Auch sie erkannte mich sofort. Nicht zuletzt an Timmy, der sie schnüffelnd begrüßte.

„Das ist aber nun mal ein Zufall!", sagte ich, dann reichte ich beiden zur Begrüßung die Hand. „Nehmen Sie bitte Platz. Wo haben Sie denn Ihren Hund gelassen."

„Der ist zu Hause. Ich kann es immer noch nicht glauben, wie klein die Welt doch ist!"

Antonia sah uns genervt an. Sie konnte natürlich nicht verstehen, worüber wir staunten.

„Deine Mutter und ich haben uns beim Spaziergang mit den Hunden getroffen", erklärte ich und richtete meine Aufmerksamkeit jetzt auf das Mädchen. Dessen Gesicht zeigte keine Reaktion, blickte stur auf seine Oberschenkel.

„Schön, dass du jetzt hier bist, Antonia. Gleich zeige ich dir deine neue Klasse. Deine Klassenlehrerin ist heute nicht da, aber die wirst du spätestens morgen kennenlernen. Es ist sicher nicht leicht für dich, deine Freunde und München zurückzulassen, aber ich bin sicher, dass du dich auch hier wohlfühlen wirst." Das war ehrlich gesagt gelogen, denn die Körpersprache von Antonia spiegelte nur Abwehr wider. Es würde nicht leicht werden, sie in die Klasse zu integrieren. Zudem in dieser Klasse ein paar recht schwierige Mädchen waren. Ich wendete mich Frau Hofer zu. Ihr war das Verhalten ihrer Tochter sichtlich unangenehm.

„Antonia leidet noch unter Heimweh!", erklärte sie und tätschelte den Arm ihrer Tochter, die daraufhin zur Seite wich. „Aber mit der Zeit wird es sicher besser!"

„Wird es nicht!", brauste Antonia auf und verschränkte trotzig ihre Arme vor der Brust.

Ich nahm mir vor, in den folgenden Tagen noch einmal in Ruhe mit Antonia zu reden. Vielleicht klappte das besser, wenn ihre Mutter nicht dabei war. „Wir gehen jetzt einfach zu deiner Klasse und wenn irgendetwas ist, dann kannst du jederzeit zu mir kommen. Dazu bin ich da!" Als Reaktion zuckte Antonia nur gleichgültig mit den Schultern und stand auf.

„Frau Hofer, Sie können noch hierbleiben, wir müssen noch ein paar Formulare ausfüllen. Nehmen Sie sich einen Kaffee, ich bin schnell wieder zurück!" Es gab keine Formulare, aber ich wollte die Gelegenheit nutzen, alleine mit Frau Hofer zu sprechen und ihr näherzukommen.

Die Klasse befand sich gerade im Kunstraum und jeder war damit beschäftigt, ein Mandala auszumalen. Als wir in den Raum traten, blickten alle 25 Schüler auf und musterten die Neue.

„Kann ich kurz stören, Herr Windeck!"

Der Kunstlehrer setzte sich etwas abseits, um mir das Feld zu überlassen.

„Hallo, das ist eure neue Mitschülerin Antonia Hofer, sicher hat euch Frau Heinrich schon davon erzählt.

Vier Mädchen an den seitlichen Tischen begannen zu tuscheln und kicherten laut.

„Was ist daran so witzig?" Es waren immer diese vier, die Ärger machten. Fühlten sich unbesiegbar und glaubten, dass alle nach ihrer Pfeife zu tanzen hätten. Das kam mir sehr bekannt vor. Ich sprach direkt Sonja an, die die Rädelsführerin war.

„Sorry, Frau Morjan, aber Antonia Hofer ist ja wohl ein lustiger Name. Anton ….!"

„Reiß dich mal zusammen, Antonia kommt aus München und dort ist der Name vollkommen normal. Antonia, du kannst dich neben Linda setzen. Dort am Fenster. Linda, kümmere dich bitte um Antonia, gib ihr den Stundenplan und zeig ihr die Schule."

Linda war eines der stillen Mädchen, die sich bewusst aus allem rauszuhalten versuchten, aber sie war schon öfter Opfer der Viererclique geworden und zu mir gekommen.

Antonia hatte die ganze Zeit über stumm neben mir gestanden. Ich vermied es, sie anzusehen. Vielleicht würde sie anfangen zu weinen. Wortlos setzte sie sich neben Linda und senkte den Kopf. Aber ich sah noch, dass es um ihren Mund zuckte. Sie hielt krampfhaft Tränen zurück. Obwohl sie mir leidtat, verließ ich das Klassenzimmer. Ich konnte nur hoffen, dass

Antonia mit der Zeit klarkommen würde und dass sie zu mir käme, wenn es nötig wäre.

In meinem Büro saß Frau Hofer und erwartete mich unsicher, was ich ihr sagen würde.

„Ich denke, dass Antonia sich einfügen wird. Nicht sofort, aber sie bekommt Hilfe. Das wird schon." Ich setzte mich Frau Hofer gegenüber und ihre Gegenwart erzeugte in meinem Körper ungewohnte Hitze.

„Hoffentlich", seufzte Frau Hofer, „Antonia ist, seitdem der Umzug anstand, aufsässig und verschlossen."

„Es ist ja auch nicht einfach, mal eben von München hier nach Gladbach zu wechseln. Und in dem Alter sowieso nicht!", tröstete ich Antonias Mutter und war versucht, ihre Hand zu streicheln.

„Passen Sie auf meine Tochter ein bisschen auf?" Flehend und zugleich hoffnungsvoll blickte mich Frau Hofer an.

„Natürlich! Es ist gut, wenn wir in Verbindung bleiben!", versprach ich. „Wir sehen uns ja sicher öfter beim Gassigehen. Und wenn etwas ist, Sie wissen ja, wo ich wohne. Sie brauchen also nicht extra hier in die Schule zu kommen." Was für ein Glück. So könnten wir uns jeder Zeit unbürokratisch austauschen und dabei näher kennenlernen, träumte ich.

„Das ist lieb von Ihnen. Das machen wir und unsere Hunde freuen sich auch!", lachte Frau Hofer und sah mich mit ihren blauen Augen an, sodass ich errötete. „Jetzt muss ich aber los. Habe noch einiges in der Stadt zu erledigen. Also, vielen Dank und bis bald hoffentlich. Ach so, ich schreibe Ihnen noch meine Handynummer auf, darüber können Sie mich immer erreichen. Haben Sie mal ein Stück Papier und einen Stift?"

Auf meinem Schreibtisch lagen ausreichend Zettel, also schrieb ich auch meine Handynummer auf ein Blatt und reichte es Frau Hofer im Tausch gegen ihren Zettel. Als wir uns zum Abschied die Hand gaben, spürte ich, wie eine Wärme durch meine Adern floss. Erst als ich wieder alleine in meinem Büro saß, wurde mir bewusst, dass ich die ganze Zeit über nicht an Constanze und die bevorstehende Aussprache gedacht hatte. Erst jetzt legten sich die Gedanken daran schwer auf meinen Magen.

***

Constanze war bereits zu Hause, als ich von der Schule kam. Timmy rannte sofort in die Küche, um mich aufzufordern, seinen Napf zu füllen.

„Hallo, ich habe uns Pizza mitgebracht!", begrüßte mich Constanze und schob die Pizzen aus den Kartons auf Bretter. „Für dich habe ich Margherita und für mich wie immer Tonno Cipolli. Setz dich doch. Magst du ein Glas Rotwein?" '

Wieso redete sie ununterbrochen. Ich nickte nur stumm, während ich das Fressen für Timmy auf den Boden stellte.

„Essen wir erst einmal. Wie war dein Tag?"

„Geht so", erwiderte ich und schnitt mir ein Stück von meiner Pizza ab. Wie konnte Constanze so tun, als wäre heute ein ganz gewöhnlicher Tag? Ich musste das Stück Pizza mit einem Schluck Rotwein runterspülen. Langsam rumorte es in meinem Darm. „Willst du mir nicht endlich sagen, was los ist!", brach es aus mir heraus und ich legte mein Besteck zur Seite. Mir reichte es, diese Ungewissheit länger ertragen zu müssen.

Constanze sah mich, wie ich fand, mitleidig an. War sie wirklich so gelassen oder war das nur Show? „Okay, eigentlich dachte ich, wir könnten es uns im Wohnzimmer gemütlich machen und reden."

„Sag endlich, was los ist!", fauchte ich.

„Na gut. Also, die Sache ist ganz einfach. Ich ziehe nach Freiburg!"

Jetzt war es raus. Mir blieb vor Unglaube der Mund offen stehen. „Du machst *was?*"

„Ich ziehe nach Freiburg. Die Chance meines Lebens. Ich habe eine super Stelle in einer Arztpraxis bekommen!"

„Das glaube ich jetzt nicht!" Ich wusste nicht, was ich eigentlich erwartet hatte, aber bestimmt nicht das. „Du hast das einfach so für dich entschieden?"

„Es ist einfach so gekommen. Unsere Beziehung ist doch nicht mehr so wie am Anfang, wenn du ehrlich bist. Du lebst nur noch für deinen Hund und die Schule …"

„Jetzt geht's aber los", unterbrach ich Constanze. „Jetzt bin ich also schuld daran, dass du nach Freiburg abhaust!" Wütend knallte ich mein Rotweinglas auf den Tisch.

„Reg dich nicht auf, so war das nicht gemeint. Jeder muss eben sehen, dass er sein Leben lebt. Und für mich ist nun einmal der Zeitpunkt gekommen, wo ich etwas ändern musste."

Mit welcher Gelassenheit Constanze dies sagte! Da war kein Funke von Schuldgefühlen oder Verständnis für mich. Ich dachte daran, wie sie damals ihre Ex behandelt hatte, als wir zusammen im Bett lagen und sie unerhofft in der Wohnung aufgekreuzt war. Jetzt verfuhr sie also genauso kaltblütig mit mir. „Du bist so was von eiskalt, Constanze. Ich wette, dahinter steckt eine Frau. Ist es so? Halt mich nicht für so naiv, dass du einfach so abhauen würdest!" Ich kochte innerlich vor Wut.

„Wenn du es unbedingt wissen willst. Ja, ich habe mich verliebt und ich werde mit dieser Frau in Freiburg zusammenleben."

„Na toll, und wer ist diese Frau?"

„Kennst du nicht. Sie ist Ärztin, die bei uns im Krankenhaus gearbeitet hat und jetzt ihre eigene Praxis aufmacht. Beziehungsweise die von ihrem Vater übernimmt."

„Super, dann hast du dich ja richtig nach oben geschlafen. Wie im Groschenroman. Die Krankenschwester und der Oberarzt."

Constanze schüttelte genervt den Kopf. „Du musst dich damit abfinden und so, wie du dich verhältst, ist ja ein vernünftiges Gespräch nicht möglich." Constanze stand auf und schob demonstrativ leise ihren Stuhl an den Tisch.

„Dann hau doch ab. Ich bin dir ja ohnehin zu langweilig und gehöre nicht zur High Society. Da bist du genau richtig. Du bist echt das Letzte …!" Wütend stieß ich das Rotweinglas um, sodass sich der Wein auf dem Tisch ausbreitete und das Glas scheppernd zu Boden fiel. „Und seit wann läuft das schon mit dir und der Ärztin!" Ich sprang vom Stuhl auf, stolperte über Timmy, der unruhig hin und her lief, konnte mich aber gerade noch fangen. Erschrocken schrie Timmy auf, sprang mich aber direkt an und leckte meine Arme. „Alles gut, mein Kleiner!" Beruhigend streichelte ich meinem Hund über den Kopf. Ich merkte, wie auch mich langsam die Ruhe durchdrang.

Es hatte ja keinen Sinn mehr, mit Constanze zu streiten. Sie hatte ihren Entschluss gefasst und nichts würde sie davon abbringen. Wollte ich das überhaupt? Eben noch war ich von Wut, Enttäuschung und Verletzung beherrscht, aber diese negativen Gefühle wechselten mit einer Gleichgültigkeit, die mich selbst erstaunte. Wortlos schnappte ich mir die Leine und verließ mit Timmy das Haus. Ein ausgiebiger Gang draußen würde meinen Kopf wieder frei machen.

Der Auszug von Constanze ging blitzschnell vor sich. Ihre Sachen hatte sie in zwei Koffern verstaut und dann erschien auch schon ihre neue Geliebte in einem Mercedes Sportcoupé, um sie abzuholen. Ich lehnte an der Haustür und sah gleichgültig zu, wie Constanze die Koffer in den Wagen hievte, sich umdrehte und auf mich zukam.

„Mach es gut, Klara. Die Zeit mit dir war wunderschön, du wirst schnell darüber hinwegkommen." Sie beugte sich vor, um mir einen Abschiedskuss zu geben, traf aber nur mein Ohr, da ich mich rasch wegdrehte. Constanze sollte nicht glauben, dass ich wegen ihr jetzt verzweifeln würde, aber eine vertraute Abschiedszeremonie konnte sie sich sparen.

„Deine Ärztin wartet!" Ich verschränkte die Arme, um erst gar nicht in Versuchung zu kommen, Constanze noch ein letztes Mal zu umarmen.

„Ich melde mich, Klara. Ich hoffe, wir können Freunde bleiben!" Mit diesen Worten drehte sie sich um und stieg in den Mercedes. Was bildete sie sich eigentlich ein? Auf so eine Freundin konnte ich verzichten. Ich hatte nicht die Absicht, weiter mit Constanze Kontakt zu halten, und strich sie gedanklich aus meinem Leben.

Tagsüber klappte das ganz gut, aber spätestens abends im Bett begann sich das berühmte Gedankenkarussell zu drehen. Immer wieder tauchte Conny in meinem Kopf auf. Ich wälzte mich im Bett herum, fühlte mich verraten und verletzt, trauerte tränenreich gelebten schönen Momenten nach, um dann wieder von Wut und Enttäuschung übermannt zu werden. Irgendwann schlief ich dann aber doch ein. Entsprechend gerädert wachte ich am nächsten Morgen auf und erst eine Viertelstunde kuscheln mit Timmy entspannte mich endlich.

In der Schule ging ich ins Lehrerzimmer, um Antonias Klassenlehrerin zu fragen, wie sich ihre neue Schülerin eingefunden habe.

„Schwierig!", stieß Frau Heinrich genervt aus. „Ein aufsässiges Mädchen. Blockiert jeden Versuch, es zu integrieren. So etwas Verbocktes habe ich schon lange nicht mehr erlebt." Während Frau Heinrich mir dies offenbarte, zog sie aus ihrer Schultasche einen zerknitterten Zettel hervor und reichte ihn mir. „Das habe ich ihr gestern abgenommen. Anstatt dem Unterricht zu folgen, kritzelt sie so etwas."

Ich nahm den Zettel, legte ihn auf den Tisch und strich ihn langsam glatt.

Mönchengladbach ist Scheiße, die Schule ist Scheiße, die Lehrer sind Scheiße, alles ist Scheiße hier!!!!!

Das war alles dick unterstrichen und mit mehreren Ausrufezeichen versehen. „Es muss ihr wirklich sehr schlecht gehen!", sagte ich mitfühlend und behielt den Zettel in meiner Hand.

Empört schnaufte Frau Heinrichs und wollte mir den Zettel wieder abnehmen. „Antonia ist ein verwöhntes Blag!"

„Lassen Sie mir den Zettel, ich werde mit Antonia und auch mit der Mutter darüber sprechen. Geben Sie dem Mädchen Zeit, sich einzuleben. So ein Schulwechsel in dem Alter ist nicht einfach." Zum Glück schellte es in diesem Augenblick zum Unterricht und Frau Heinrichs ließ mich grußlos stehen.

„Zimtzicke!", dachte ich. „So was wie Empathie scheint dieser Frau irgendwann abhandengekommen zu sein."

Sollte ich Antonias Mutter direkt anrufen? Aber in der Schulatmosphäre über die Tochter zu sprechen, war nicht gut. Besser wäre es, wenn ich mich mit Frau Hofer privat treffen würde. Das wäre auch logischer, wo wir fast nebeneinander wohnten. Ich könnte sie ja zu mir einladen, ganz ungezwungen auf einen Kaffee. In Gedanken sah ich uns bereits bei mir zu Hause miteinander plaudern und ein angenehmes warmes Gefühl floss durch meinen Körper.

***

Frau Hofer sagte direkt zu, sich mit mir zu treffen, und schlug vor, dass wir auch öfter zusammen mit den Hunden spazieren gehen könnten. Besonders abends, da war ein Gang zu zweit ohnehin angenehmer. Um 16 Uhr klingelte es und Frau Hofer stand mit Hund Bella und ihrem Sohn Sebastian vor der Tür.

„Hallo, ich musste Basti mitbringen. Ich hoffe, das ist okay."

„Alles klar. Hallo Basti. Das ist Timmy!"

„Weiß ich doch!", sagte der Kleine und beugte sich selbstsicher zu meinem Hund hinunter, der ihm vorsichtig die streichelnde Hand leckte. Mir war es wichtig, mit Frau Hofer zu reden, ohne dass ihr Sohn etwas von dem Gespräch mitbekommen würde. Schließlich sollte Antonia nichts davon erfahren, worüber wir sprachen.

„Wenn du magst, dann kannst du mit Bella und Timmy in den Garten gehen. Da liegt auch ein Ball."

„Ja, geh nur raus zum Spielen. Ich unterhalte mich mit Frau Morjan und wir trinken Kaffee."

„Okay." Zusammen mit den Hunden rannte Sebastian in den Garten. Ein Glück, dass er kein ängstliches Kind war und hierbleiben wollte. Ich bot Frau Hofer einen Platz am Esstisch im Wohnzimmer an und brachte das Tablet mit Kaffee und Keksen. Nach der Schule hatte ich noch im Haus gesaugt und Staub gewischt. Jetzt sah alles einigermaßen ordentlich aus.

„Also, die Klassenlehrerin von Antonia hat mir heute diesen Zettel gebracht." Wortlos reichte ich Frau Hofer den Zettel, den Frau Heinrichs Antonia abgenommen hatte.

„Oh mein Gott!", stöhnte Frau Hofer und schüttelte verständnislos mit dem Kopf.

„Ich denke, dass es Ihrer Tochter wirklich zurzeit sehr schlecht geht. Wir müssten überlegen, wie wir ihr helfen können!" Damit wollte ich Frau Hofer davon abhalten, sich schuldig zu fühlen oder gar über Strafen nachzudenken.

Frau Hofer sah mich mit ihren wunderschönen blauen Augen an und seufzte hörbar. „Ich weiß einfach nicht, was mit ihr los ist. Dass sie traurig ist und der Zeit in München nachtrauert, kann ich ja verstehen, aber ihr Verhalten ist nicht nachvollziehbar. Was soll ich denn tun? Sie muss akzeptieren, dass wir jetzt hier in Mönchengladbach leben."

Behutsam legte ich meine Hand auf den Arm von Frau Hofer. Am Liebsten hätte ich sie in den Arm genommen und an mich gedrückt, aber ich widerstand dem Drang. Stattdessen schlug ich erst einmal vor, dass wir uns duzen könnten. So erfuhr ich, dass sie mit Vornamen Elisabeth hieß, aber von allen Lisa genannt wurde. Leider waren wir noch nicht so vertraut, um diese Duzfreundschaft mit einem Kuss zu besiegeln.

„Erzähl mir mal von Antonia. Was hat sie in München in ihrer Freizeit gemacht? Wofür interessiert sie sich?"

So kam heraus, dass Toni, so wurde Antonia von Freunden genannt, davon träumte, Schauspielerin zu werden. Sie hatte auch schon als Statistin in einem Kinderfilm mitgemacht. Außerdem sang sie im Kinder- und Jugendchor des Theaters in München. Natürlich schwärmte sie wie jeder ihrer Freunde für den ein oder anderen Schauspieler oder Sänger. So trieb sie sich in ihrer Freizeit auch gerne mit Freundinnen bei den Münchner Filmstudios in der Hoffnung herum, einem Star zu begegnen oder selbst entdeckt zu werden. „Teenagerschwärmerei", meinte Lisa. „Ich dachte, das würde sich bald wieder legen."

„Na, dann ist der Umzug hierhin natürlich wirklich schrecklich. Das Einzige, was ich Toni anbieten kann, wäre erst einmal, in meiner Theater AG mitzumachen. Immerhin etwas."

Von draußen hörten wir plötzlich Kindergeschrei und kurz darauf erschien Sebastian und blieb heulend vor seiner Mutter stehen.

„Was ist denn passiert! Bist du hingefallen?"

„Ja, aber das war der blöde Ast und dann hat Bella mich umgerannt und ich bin gefallen!"

„Du hast sicher mit Bella und Timmy getobt. Schau, auf deinem Knie ist nur ein kleiner Kratzer", tröstete Lisa ihren Sohn und streichelte ihm liebevoll durchs Haar.

„Am besten verbinden wir die Wunde", mischte ich mich ein. „Ich hole Verbandszeug, bin gleich wieder da." Sicher würde ein Verband etwas Tolles für Sebastian sein. Und so war es auch. Nachdem ich den Kratzer vorsichtig gesäubert hatte, wickelte ich einen Verband um sein Knie. „Und du musst natürlich auch zur Vorsicht etwas Medizin schlucken!" Sebastian verzog das Gesicht, aber als ich mit einem Riegel Schokolade wiederkam, strahlte er. „Hast du Lust, Bella und Timmy deinen Verband zu zeigen?" Die zwei Hunde kamen gerade in das Wohnzimmer gelaufen und beschnüffelten sofort das verbundene Knie.

„Ihr dürft aber nur schnüffeln!", ermahnte Basti die beiden, dann zog er humpelnd, gefolgt von den Hunden, zurück in den Garten.

„Das war sehr lieb von dir!", sagte Lisa. Diesmal legte sie ihre Hand auf meinen Arm. Ein leichter Schauer durchlief meinen Körper. Wenn ich nicht gewusst hätte, dass Lisa verheiratet war und drei Kinder hatte, dann hätte ich mich glatt in sie verlieben können.

„Schon halb sechs!" Lisa stand plötzlich auf und rief nach Sebastian und Bella. „Jetzt muss ich aber nach Hause. Antonia wundert sich sicher schon, wo wir bleiben. Es war sehr schön mit dir!"

Mein Herz machte einen Hüpfer, als wir uns zum Abschied mit einem Kuss rechts und einen Kuss links auf die Wange verabschiedeten. Wir würden jetzt öfter zusammen mit den Hunden spazieren gehen und wegen Toni ohnehin in Kontakt bleiben.

Während Timmy sich erschöpft von der Toberei, auf den Küchenfliesen ausstreckte, begann ich, den Wohnzimmertisch abzuräumen. Gerade als ich fertig war, klingelte mein Telefon.

„Hi Schwester", sagte Leon, „hast du Freitagabend etwas vor?"

„Bis jetzt nicht. Was gibt es denn."

„Es ist so weit. Freitag kommen unsere Eltern, dann werde ich ihnen alles sagen."

„Endlich. Wird Bernhard auch dabei sein?"

„Wir finden, dass es besser ist, wenn sie Bernhard später kennenlernen."

„Okay, wann soll ich da sein?"

„Um sechs. Dann wollen wir zusammen Abendbrot essen. Ich bin froh, wenn das vorbei ist."

„Kann ich verstehen, aber irgendwann müssen sie es ja erfahren. Und mach dir keinen Kopf. Das wird schon gut gehen." Sicher war ich da aber nicht.

„Wenn du meinst. Also dann bis Freitag!"

„Bis Freitag!"

***

In der Schule holte ich am nächsten Tag Antonia direkt aus dem Unterricht und fragte sie zunächst, wie es ihr mittlerweile gehen würde. Zuerst antwortete sie nur sehr knapp und wirkte verschlossen.

Zum Glück gab es Timmy, der auf ein Zeichen von mir zu Antonia ging, seine Schnauze auf ihr Knie legte und sie so aufforderte, ihn zu kraulen. Tatsächlich wirkte Antonia kurz darauf entspannter, auch nachdem ich ihr ein wenig von mir und meinen Erfahrungen als Neue im Internat erzählt hatte. Tränen liefen nun über ihr Gesicht und drückte ihren Schmerz aus. Ich ließ Antonia weinen, reichte ihr ein Taschentuch und strich ihr beruhigend über den Kopf. Es war gut, dass sie endlich weinte und die Mauer, die sie um sich gebaut hatte, zu bröckeln begann.

Ich wartete, bis sich Antonia wieder gefangen hatte. Sie kauerte auf ihrem Stuhl, hatte ihren Kopf zu Timmy gebeugt und streichelte ihn.

„Antonia, du kannst immer zu mir kommen. Übrigens, wenn du Lust hast … ich leite eine Theater AG. Ich würde mich freuen, wenn du dir das mal anschauen würdest. Donnerstags von 14 bis 15.30 Uhr. Was hältst du davon?"

Antonia zuckte unmerklich mit den Schultern, aber sie blickte mir jetzt direkt in die Augen.

Tatsächlich erschien Antonia am nächsten Donnerstag zur Theater AG. Nachdem sie zunächst nur das Geschehen beobachtete, fand sie nach und nach Kontakt zu den anderen Mädchen. Besonders Ina schien Gefallen an Antonia zu haben. So hatten sich die neun Mädchen, nachdem ich sie dazu angeregt hatte, zusammengesetzt und beratschlagten, was für ein Theaterstück sie einüben könnten. Hierzu hatte ich ihnen drei Werke zur Auswahl gegeben. Ich freute mich, zu sehen, wie Antonia immer mehr aufblühte und die anderen sie ohne Vorbehalte zu akzeptieren schienen. Schade nur, dass Ina und Karin in Antonias Parallelklasse gingen. Vielleicht war es möglich, dass Antonia in diese Klasse wechselte. Der Gedanke ließ mich nicht los. Immerhin musste ich das natürlich mit Frau Heinrich absprechen, dann mit dem Klassenlehrer der 9 b, Herrn Windock. Letztendlich müsste auch die Direktorin ihr Okay geben. Antonia würde sicherlich nichts lieber tun, als zu wechseln.

Als ich an diesem Tag nach Hause kam, sendete ich eine SMS an Lisa. Vielleicht hatte sie Zeit für einen gemeinsamen Hundespaziergang. Leider hatte sie keine Zeit, aber wollte auf alle Fälle am Freitag um 15 Uhr bei mir sein, um mich abzuholen.

Ich fühlte mich superleicht. Alles, was ich anpackte, schien sich zum Guten zu wenden. Abends rief mich mein Bruder an, um mich daran zu erinnern, dass ich am Freitagabend zu ihm kommen sollte. Er hatte wegen des bevorstehenden Termins mit meinen Eltern bereits schlaflose Nächte hinter sich. Ich versprach, pünktlich zu sein und ihm Rückendeckung zu geben.

Der Freitag lief positiv an. Im Lehrerzimmer hatte ich Herrn Windock getroffen und auf einen Klassenwechsel angesprochen. Er kannte Antonia aus dem Kunstunterricht und hatte keine Einwände. Jetzt musste ich nur noch mit Frau Heinrich sprechen und ahnte, dass dies nicht so problemlos über die Bühne gehen würde. In der Frühstückspause passte ich sie auf dem Flur zu ihrem Klassenzimmer ab und schilderte mein Anliegen.

„Wie kommen Sie nur auf eine solche Idee? Zudem müsste Herr Windock einverstanden sein!", moserte Frau Heinrichs und sah mich kopfschüttelnd an.

„Er ist einverstanden", platzte ich heraus und wusste, dass das ungeschickt war. Jetzt würde sie sich natürlich hintergangen fühlen.

„Ach so, Sie meinen, das ginge mal so eben und ich als Klassenlehrerin soll jetzt ebenfalls zustimmen. Aber das werde ich nicht. Es wäre pädagogisch nicht vertretbar, dieses Mädchen aus dem Klassenverband rauszunehmen."

„Aber sie kommt doch dort nicht klar. Sie hat bisher keinerlei Kontakt zu den anderen Mädchen. Sie ist unglücklich dort." Am Liebsten hätte ich noch hinzugefügt, dass das auch mit Frau Heinrichs Antipathie ihr gegenüber zu tun habe, verkniff mir die Bemerkung natürlich.

„Was Sie sich einbilden. Antonia muss lernen, sich anzupassen. Einen Wechsel lehne ich ab. Und Sie sollten sich solche Ideen aus dem Kopf schlagen. Immerhin bin ich Studienrätin und habe sicherlich mehr Erfahrung als Sie." Frau Heinrichs reckte hochnäsig ihren Hals, warf mir einen verachtungswürdigen Blick zu und ließ mich auf dem Flur stehen.

Vor Wut stampfte ich mit meinem rechten Fuß auf. Diese eingebildete Zicke. Hier ging es gar nicht um Antonia, sondern um einen Machtkampf zwischen ihr und mir. Ich ging in mein Büro und knallte die Tür hinter mir zu, woraufhin mich Timmy fragend anschaute. Was sollte ich jetzt machen?

Kampflos gab ich nicht auf. Ich würde zur Direktorin gehen. Sie hatte schließlich das letzte Wort und war nicht so verkniffen wie Frau Heinrichs. Und auch mit Sabine Adams würde ich Rücksprache halten. Sie hatte als Vertrauenslehrerin auch noch ein Wort mitzureden. Ich würde alles unternehmen, damit Antonia nicht mehr in ihrer Klasse bleiben musste. Heute war Freitag, ich würde am Montag mit der Schulleitung sprechen.

Nachher würde ich Lisa von meinem Plan erzählen und hoffte natürlich, dass sie den Wechsel auch befürworten würde.

***

Lisa erschien pünktlich und wir begrüßten uns mit einer kurzen Umarmung. „Basti ist bei einem Kindergartenfreund zum Geburtstag und Toni hat Besuch von einem Mädchen aus der Theatergruppe. Es ist wirklich toll, wie verändert sie ist. Ich bin dir so dankbar, dass du das mit der Theater AG gemanagt hast." Lisa strahlte mich an und ich merkte, wie ich rot anlief. Winkte aber ab, so viel Lob war ich nicht gewohnt. Zudem war es mein Job. Als ich Lisa dann von meiner Idee mit dem Klassenwechsel erzählte, war sie direkt Feuer und Flamme.

„Das wäre wunderbar. Sicher findet Toni das auch." Wir ließen gleichzeitig unsere Hunde von der Leine, die tobend losrannten.

„Ich würde Toni erst davon erzählen, wenn die Sache genehmigt ist. Leider stellt sich die Heinrichs dagegen."

„Von der hat Toni bisher nur negativ berichtet. Und ausgerechnet die hat sie auch noch in Mathe. Das war nie ein Lieblingsfach."

„Kann ich verstehen. Allerdings glaube ich, dass die Heinrichs auch in der Parallelklasse Mathe unterrichtet. Aber das müsste deine Tochter akzeptieren."

Wir pfiffen unsere Hunde zurück, denn entfernt kam jemand mit einem Hund an der Leine. Timmy kam sofort und Bella folgte ihm, sodass wir den Spaziergänger, einen älteren Herrn mit einem Dackel, unbehelligt passieren konnten.

Lisa plauderte locker und ich erfuhr, dass sie früher in einem Hotel gearbeitet hatte. Dort hatte sie auch ihren jetzigen Mann kennengelernt.

Ich fühlte mich in ihrer Gegenwart glücklich, aber auch innerlich angespannt, denn meine Gefühle für Lisa, das musste ich mir eingestehen, wurden immer größer. Dabei musste mir doch klar sein, dass ich bei ihr keine Chancen hatte. Sie war verheiratet, hatte drei Kinder, lebte in Luxus im Vergleich zu mir – und sicherlich stand sie nicht auf Frauen.

„Ich finde es toll, dass wir uns angefreundet haben", sagte Lisa plötzlich und schenkte mir einen liebevollen Blick, „hier kenne ich ansonsten niemanden. Nur die Mütter aus der Kita von Basti, ein paar von den Nachbarinnen und Arztfrauen. Nur mit dir ist das anders. Das fühlt sich einfach gut an."

Mein Herz schlug Purzelbäume bei diesen Worten, aber was sollte ich jetzt Schlaues darauf antworten? Meine Gefühle konnte ich unmöglich offenbaren. Zudem wusste ich nicht, wie Lisa zu Lesben stand.

„Das geht mir auch so!", stotterte ich und versuchte, meine Verlegenheit mit einem Pfiff nach Timmy zu übertünchen.

Der Nachmittag ging für mein Empfinden viel zu schnell vorbei. Lisa musste sich beeilen, da sie Basti abholen musste und vorher noch ein paar Einkäufe zu erledigen hatte. Wir verabschiedeten uns mit einem Kuss auf die Wange, dann ging sie mit Bella die Straße herunter. Bis sie an der Ecke abbog, sah ich ihr hinterher.

Gegen 18 Uhr klingelte ich bei meinem Bruder. Nachdem die Haustür aufgedrückt wurde, stieg ich zusammen mit Timmy die Stufen in den zweiten Stock hoch.

Leon stand an der geöffneten Wohnungstür. „Ich hatte Schiss, dass du nicht rechtzeitig hier bist!", sagte er und schloss hinter mir die Tür. Ich ging an ihm vorbei und roch Alkohol.

„Hast du getrunken? Du riechst nach Alkohol!"

Leon wich meinem fragenden Gesicht aus und ging mir voran in das Wohnzimmer. Auf dem Couchtisch stand ein Tablet mit belegten Broten.

„Nur einen Cognac", gab Leon zu. Er stand vor dem Sofa und knetete seine Hände. Ich nahm auch ein leichtes Zittern an ihm war. Hoffentlich kam das nicht vom Alkohol.

„Warum Leon? Es ist sicherlich nicht sinnvoll, vor einem solchen Gespräch zu trinken!", tadelte ich und ließ mich auf einem der zwei Sessel nieder. Timmy legte sich brav zu meinen Füßen.

„Du hast gut reden. Ich stehe vor Aufregung kurz vorm Herzinfarkt."

„Jetzt beruhig dich. In einer Stunde ist alles vorbei, dann wirst du erleichtert sein, dass du endlich Tacheles geredet hast. Vater wird schon nicht in Ohnmacht fallen." Ich versuchte, Leon durch mein Reden lockerer zu machen.

„Wo ist Bernhard?"

„Er hat eine Presbyteriumssitzung. Will aber danach zu mir kommen. Wir ..." Das erneute Klingeln stoppte Leon abrupt. „Das sind sie! Ich glaube, ich kann das nicht!" Leon schien tatsächlich einen Rückzieher machen zu wollen.

Ich stand auf, drückte die Haustür auf und warf meinem Bruder einen warnenden Blick zu. „Reiß dich jetzt bloß zusammen. Das ist dein Leben und unsere Eltern müssen das akzeptieren, ob sie wollen oder nicht."

Kurz darauf stand mein Vater vor der Tür. Alleine. Von meiner Mutter war nichts zu sehen. „Du bist auch hier!", sagte mein Vater und schob sich an mir vorbei in die Wohnung. Die Begrüßung war ja mal wieder besonders herzlich.

„Hallo Papa." Leon umarmte unseren Vater kurz und fragte nach unserer Mutter.

„Sie hat Babysitterdienst bei eurer Schwester. Schöne Grüße!" Er legte seinen Motorradhelm auf die Anrichte im Flur und trat ins Wohnzimmer. Timmy hatte sich erhoben und blickte ihn erwartungsvoll an. „Na, du Töle! Wer bist du denn?" Mein Vater beugte sich zu Timmy hinunter und strich ihm über den Kopf.

„Das ist Timmy, er ist ein Cocker Spaniel!" Wut stieg in mir auf. Unverschämt, meinen Hund als Töle zu bezeichnen. In dieser Beziehung war ich leider sehr empfindlich.

Während Leon nach unseren Getränkewünschen fragte, ließ sich mein Vater in dem zweiten Sessel nieder. Mit zwei Flaschen Bier und einer Flasche Mineralwasser kehrte Leon aus der Küche zurück. Mit zitternder Hand reichte er das Bier meinem Vater und überließ es ihm, sich selber einzuschenken.

„Also, nehmt von den Broten. Wenn das nicht reicht, kann ich noch welche schmieren." Leon begann mit leichtem Small Talk. Hoffentlich würde er bald zur Sache kommen.

„Bist du mit dem Motorrad da?" Warum fragte Leon so dämlich. Schließlich musste er den Helm doch gesehen haben.

„Natürlich. Bei dem Wetter kein Problem. Wird Zeit, dass wir beide mal wieder eine Tour unternehmen."

Um nicht zu antworten, griff Leon nach einer Brotscheibe und biss schnell ab. „Heute soll es noch regnen und ziemlich windig werden!", sagte ich. Das hatte ich zumindest in den Nachrichten gehört.

„So schlimm wird es schon nicht. Bin ja nicht aus Zucker. Nun, mein Junge, wie geht es dir denn so? Was macht das Studium?"

Konnte es sein, dass mich mein Vater bewusst ignorierte oder bildete ich mir das nur ein?

„Ähm, ja, also …", stotterte Leon und nahm schnell einen großen Schluck Bier, „ehrlich gesagt, habe ich mit einem Philosophiestudium und mit Psychologie begonnen. Das mit dem Sport war nicht so das Richtige für mich." Okay, jetzt war zumindest Problem Nummer eins ausgesprochen.

Mein Vater verzog nur leicht seine Mundwinkel. „Schade. Ich denke, dass du sportlich viel drauf hast. Was willst du denn mit Philosophie und wie kommst du überhaupt darauf?"

Prima, das war die Gelegenheit für Leon, von Bernhard zu erzählen. Hoffentlich tat er das jetzt auch, aber nichts geschah, so versuchte ich, ihm eine Brücke zu bauen. „Ich finde das total spannend. Leon, hat dich nicht dein Freund Bernhard dazu gebracht?"

Ich sah, wie Leon vor Schreck die Salami vom Brot rutschte und genau vor Timmys Füßen landete. Mit einem kurzen Nicken erlaubte ich meinem Hund, die Scheibe zu fressen.

„Ähm … ja genau. Also, Bernhard ist ein guter Freund und wir haben intensive Gespräche geführt und wir verstehen uns gut. Bernhard ist inzwischen mein bester Freund." Leons Stimme war kurz davor, zu versagen.

Mein Vater lächelte seinen Sohn ungläubig an. „Das muss ja ein toller Freund sein, dass du seinetwegen das Sportstudium geschmissen hast."

„Nun rede doch endlich Klartext, Leon", dachte ich und warf ihm böse Blicke zu.

„Ja, also, Bernhard ist mein fester Freund. Also wir leben zusammen. Er wohnt nicht hier, er hat ein eigenes Haus, aber wir sehen uns immer …"

Mein Gott, das war nicht zum Aushalten. Mein Bruder schaffte es einfach nicht, das auszusprechen, um was es ging. Mir riss der Geduldsfaden.

„Leon will damit sagen, dass Bernhard und er ein Liebespaar sind. Leon ist schwul!"

Während Leon rot anlief, erstarrte mein Vater zur Salzsäure. Damit hätte er nie im Leben gerechnet. Erst musste er eine Lesbe als Tochter hinnehmen und nun offenbarte sich sein Sohn als Schwuler.

„Sag, dass das nicht wahr ist!", stieß mein Vater hervor und seine Stimme schien zu versagen.

„Doch, Papa, Bernhard wird dir gefallen …"

„Es reicht!", unterbrach mein Vater und stand auf. „Bleibt beide sitzen, ich finde alleine raus!" Schon ging er in den Flur und schnappte sich seinen Motorradhelm.

„Das ist doch keine Lösung. Warum haust du jetzt ab? Leon ist immer noch dein Sohn!", schrie ich und sprang aus dem Sessel auf. Timmy drückte sich eng an meine Seite. Leon saß völlig fertig auf dem Sofa, hielt die Hände vors Gesicht und schluchzte.

„Hast du Leon diesen Schwachsinn eingeredet?" Mein Vater sah mich mit bösen Blicken an.

„Nein, er hat sich endlich von dir befreit!", wütete ich. „Endlich braucht Leon dir kein Theater mehr vorzuspielen!"

Mein Vater drehte sich wortlos um, trat zur Tür raus und hastete die Treppen hinunter.

„Das ist zum Kotzen, wie du dich verhältst!", brüllte ich ihm hinterher und schlug mit Wucht die Wohnungstür zu.

Erschöpft fiel ich wenig später zu Hause in mein Bett. Zum Glück war, kurz nachdem mein Vater gegangen war, Bernhard gekommen, sodass er sich um Leon kümmern konnte.

Ich hätte mir jetzt auch jemanden an meiner Seite gewünscht. Vor meinem inneren Auge erschien das Bild von Lisa. Wenn ich es nur schaffen würde, meine Gefühle ihr gegenüber zu stoppen und der Realität ins Auge zu schauen. Der Regen prasselte gegen mein Schlafzimmerfenster und der Wind hatte anscheinend immer noch nicht nachgelassen. Ich hatte das Gefühl, gerade erst eingeschlafen zu sein, als mein Telefon klingelte. Timmy stand neben meinem Bett und stupste mich mit seiner feuchten Hundenase an.

„Ist ja gut mein Schatz", gähnte ich und tastete nach meinem Handy auf dem Nachttisch. „Hallo?"

„Karla!", drang ein Schluchzen durch den Apparat. „Papa ... er ist tot!" Der Anrufer war Leon, soweit hatte ich verstanden, aber durch sein extremes Schluchzen war er kaum zu verstehen.

„Leon, was ist los? Was redest du da? Hast du wieder getrunken?"

„Hallo Klara, ich bin es, Bernhard!" Er hatte wohl meinem Bruder den Hörer aus der Hand genommen. „Es ist etwas Schreckliches passiert. Dein Vater hatte einen schweren Motorradunfall. Er ist in einer Kurve von der Straße gerutscht und gegen einen Baum geprallt. Er war wohl direkt tot. Ein Autofahrer hat ihn gefunden, aber der Notarzt konnte nichts mehr für ihn tun. Es tut mir so leid für euch. Deine Schwester hat hier angerufen und Bescheid gegeben, nachdem die Polizei bei ihr war. Eure Mutter ist zum Glück bei Marie und ihrem Mann."

Mein Herz klopfte wie wild und mein Magen verkrampfte sich. Wie konnte das passieren? Mein Vater war doch ein sicherer und vorsichtiger Motorradfahrer. „Wie konnte das passieren?", stieß ich wie benebelt hervor.

„Ein Unfall. Der starke Regen und der Wind. Die Polizei untersucht noch die Unfallstelle. Bist du so weit okay? Ich muss mich jetzt wieder um Leon kümmern. Er ist am Boden zerstört."

„Ja, natürlich. Danke!" Ich legte das Telefon zurück, rannte ins Badezimmer und übergab mich dort.

***

Tatsächlich stellte die Spurensicherung fest, dass mein Vater ungebremst und mit viel zu hoher Geschwindigkeit in die Kurve gerast war.

Nach der Beerdigung begannen die Vorwürfe. Meine Mutter und meine Schwester wollten genau wissen, was an dem Abend des Unfalls bei Leon zu Hause gewesen war. Hatte er Alkohol getrunken? Hatte es Streit gegeben oder hatten wir ihm sogar Drogen verabreicht? Leon verzweifelte fast an Schuldgefühlen. Er fühlte sich für den Tod unseres Vaters verantwortlich. Wenn er ihm nicht gestanden hätte, dass er schwul war, dann wäre der Unfall nie passiert. Obwohl Bernhard und auch ich ihn davon zu überzeugen versuchten, dass alles Schicksal war, verfiel Leon immer tiefer in eine Depression und mit Alkohol glaubte er, sich betäuben zu können.

Ich selbst hatte auch kein gutes Gefühl wegen des Abends. Immerhin hatte ich Leon dazu gedrängt, endlich mit der Wahrheit herauszukommen, und meine letzten Worte, die ich meinem Vater im Treppenhaus hinterhergeschrien hatten, belasteten mich. Dennoch verkraftete ich das Unglück besser.

Da Bernhard stets an Leons Seite auftrat, dauerte es nicht mehr lange, bis auch meine Mutter und Marie erkannten, dass die beiden ein Paar waren. Dass Bernhard auch noch Pfarrer war, passte überhaupt nicht in ihr Weltbild, sie konnten diese Liaison nicht akzeptieren, fanden so in Leon den Schuldigen für Vaters Tod und mir gaben sie für alles ohnehin die Verantwortung. So kam es zum offenen Bruch zwischen uns, was für Leon zusätzlich mehr als schmerzlich war.

Ich versuchte trotz allem, wieder in den normalen Alltag zurückzufinden und mein Leben zu leben. Grübeln und Trauern waren keine Lösung, es galt, nach vorne zu schauen. Immerhin war es mir gelungen, die Schulleitung davon zu überzeugen, dass ein Wechsel in die Parallelklasse Antonia guttun würde. Da sich Frau Heinrichs weiter vehement dagegen wehrte, wurde zunächst eine Probezeit vereinbart. Aber die verlief hervorragend. Antonia wurde problemlos in der Klassengemeinschaft aufgenommen, der Klassenlehrer Herr Windock konnte nur lobenswertes berichten und in der Theater AG blühte Antonia immer mehr auf. Als Dank stand sie wenige Tage nach dem Wechsel vor mir und überreichte mir einen Blumenstrauß und eine Karte mit einem großen Herz darauf. Ich freute mich sehr darüber, umarmte Toni kurz und stallte die Blumen in die Vase. Ich war mir sicher, dass Lisa ihre Tochter dazu aufgefordert hatte. Herr Windock hielt sich nun häufiger in meiner Nähe auf und meinte, dass wir uns erstens endlich duzen könnten und einmal zusammen essen gehen könnten, natürlich nur, um uns über Antonia auszutauschen.

Besonders erpicht war ich nicht darauf, aber immerhin hätte der Wechsel ohne sein Zutun nicht stattfinden können. Also verabredeten wir uns an einem Dienstag nach den Herbstferien. Viel lieber hätte ich einen Abend mit Lisa vorgezogen, aber als Mutter von drei Kindern und Ehefrau würde das wohl nie in Erfüllung gehen. Abends war sie zu Hause und wenn sie mal ausging, dann in Begleitung ihres Mannes. Lediglich in meinen Träumen erfüllte sich meine Sehnsucht.

Das Essen mit Dieter, also Herrn Windock, verlief ganz entspannt. Dieter war seit zwei Jahren verheiratet, hatte ein Kind und das zweite war unterwegs. Dass ich Single war, fand er beneidenswert. Frei zu sein, tun und lassen können, was man wolle, ohne auf einen Partner Rücksicht nehmen zu müssen, wäre schon toll. Ich ließ ihm seine Ansichten und vermied es, mich vor ihm zu outen, nippte an meinem Glas Rotwein, während Dieter bereits sein drittes schlürfte. „Ich plane einen Theaterworkshop", sagte ich, um zurück auf das Thema Schule zu kommen. „Muss nur noch die Genehmigung und zehn Plätze sichern."

„Meinst du, du bekommst die Mädchen dafür aus der Schule?", wandte Dieter ein und bestellte einen Grappa, den ich ablehnte.

„Sie müssten nur für den Freitag freigestellt werden. Der Workshop ginge dann bis Sonntag."

„Willst du das alleine durchziehen? Ich könnte mir gut vorstellen, als Aufsichtsperson mitzufahren. Wäre doch die Gelegenheit, uns näher kennenzulernen." Anzüglich grinste mich Dieter an.

Langsam wurde mir unbehaglich zumute. Diese offene Anmache passte mir gar nicht. Wie unverfroren von ihm – trotz schwangerer Frau und Kleinkind zu Hause. „Ich muss jetzt gehen!", sagte ich entschlossen, schob meinen Stuhl zurück und stand auf.

„So plötzlich? Hab ich dich etwa erschreckt?" Dieter stand ebenfalls auf und berührte meine rechte Hand. Schnell zog ich sie zurück.

„Nein, aber mein Hund wartet, zudem ist es schon spät genug. Schließlich ist morgen Schule."

„Alles klar. Dein Hund wartet und auf mich wartet meine entzückende Familie. Ich fand den Abend jedenfalls nett mit dir." Dieter ging zur Theke und bezahlte die Rechnung, vor dem Lokal sah er mich an und lächelte. „Entschuldige, Klara, der Wein ist mir wohl etwas zu Kopf gestiegen. Komm gut nach Hause und bis morgen!" Bevor es ihm gelang, mich zu umarmen, machte ich schon kehrt, grüßte per Handschlag und ging zu meinem Auto. Eigentlich war Dieter ein wirklich netter Kollege, aber was er heute von sich gegeben hatte – sicher hatte er recht und der Alkohol war daran schuld.

***

Ich genoss die gemeinsamen Spaziergänge mit Lisa und hatte mich damit abgefunden, dass sie als Frau für mich unerreichbar war. Wir trafen uns jetzt regelmäßig. Meist war Sebastian dabei, aber er tobte meist mit den Hunden voran, sodass wir ausreichend Muße hatten, uns zu unterhalten. Als ich ihr von meiner Idee des Theaterworkshops erzählte, war Lisa begeistert.

„Das finde ich wirklich gut. Eine Aktion außerhalb der Schule. Das fand ich als Schülerin auch immer toll. Was hatten wir für Spaß, quatschten bis spät in die Nacht. Herrlich, mit anderen Mädchen zusammen in einem Zimmer zu schlafen."

Ich musste daran denken, dass ich mich während der Internatszeit öfter danach gesehnt hatte, ein Zimmer für mich alleine zu haben. Aber so war das wohl im Leben. Immer wollte man das haben, was man gerade nicht hatte.

„Ich muss nur noch jemanden finden, der mit mir als Betreuer mitfährt. Nicht so einfach, weil der Workshop ja in die Freizeit reicht. Freitags hin und sonntags zurück. Der Klassenlehrer von Toni hat sich angeboten mitzufahren, aber, ehrlich gesagt, finde ich das nicht so prickelnd. Eine Frau wäre mir schon lieber."

Wir gingen nebeneinander her und achteten dabei auf Sebastian und die Hunde, damit sie sich nicht zu weit von uns entfernten.

„Und wenn ich mitkomme?", sagte Lisa plötzlich und blieb stehen.

Ich schluckte. Das wäre traumhaft, aber wie sollte das gehen? Sebastian könnten wir nicht mitnehmen.

„Meinst du das im Ernst?"

„Ja, stell dir das mal vor. Wir beide! Ich müsste nur sehen, dass Sebastian an dem Wochenende versorgt ist. Und Bella natürlich, denn Herbert hat sicherlich nicht die Zeit, sich darum zu kümmern."

„Bist du sicher, dass dein Mann das erlaubt?"

„Was denkst du denn? Natürlich. Zudem Toni ja mit uns ist. Ich könnte meine Mutter bitten, zu kommen. Dann wäre Herbert versorgt, die beiden verstehen sich gut. Seine Mutter ist zu alt. Immerhin ist sie schon über achtzig." Ich traute mich nicht, daran zu glauben, dass unser Vorhaben gelingen würde. Zu groß wäre die Enttäuschung, wenn es nicht klappte.

***

Alles hatte ich geregelt, den Termin für den Workshop, das Geld für den Aufenthalt eingesammelt und einen Kleinbus organisiert. Vorher stand allerdings noch die Beerdigung von meinem Vater an. Obwohl mein Bruder und ich nicht erwünscht waren, gingen wir hin, hielten uns aber im Abseits. Nur meinem Bruder zuliebe war ich dabei, ihm ging es weiterhin sehr schlecht und mit Bernhard hatte ich vereinbart, dass Leon erst einmal zu mir ziehen sollte. Das war sicherer, als ihn alleine in der Wohnung zu lassen, denn Bernhards Zeit war sehr beschränkt und ich half beiden gerne. Zudem konnte Bernhard jederzeit in mein Haus kommen, um bei Leon zu sein. Vorsichtshalber hatte ich meinen Weinvorrat im Garten versteckt, damit Leon ihn nicht fand. Stattdessen füllte ich ein Regal in der Küche mit diversen Tees und da, wo bisher der Wein gestanden hatte, lagerten nun Säfte.

Leon stellte sich als recht angenehmer Mitbewohner heraus. Er entlastete mich von diversen Hausarbeiten und wenn er sich nicht in sein Zimmer zurückzog, saß er im Garten.

Ich selbst lebte nur noch für den bevorstehenden Workshop. Ein Wochenende mit Lisa … Es fiel mir schwer, an etwas anderes zu denken. Die Mädchen meiner Theater AG hatten alle die benötigte Erlaubnis ihrer Eltern und waren voller Erwartung. Nur Antonia zog ein Gesicht, sodass ich schon Sorge hatte, dass sie nicht mitfahren würde – und dann würde ihre Mutter sicherlich auch daheimbleiben. Deshalb entschloss ich mich, Toni nach dem Unterricht abzupassen und zur Rede zu stellen.

„Hallo Toni. Geht es dir nicht gut? Du siehst unglücklich aus." Wir blieben auf dem Schulhof stehen, während Lehrer und Schüler an uns vorbeiströmten.

„Wieso? Was soll sein? Ist doch alles wunderbar!" Tonis Worte waren voller Ironie.

„Nun rede schon. Irgendetwas schleppst du doch mit dir rum!", drängte ich und legte meine Hand auf ihre Schulter.

Zuerst kniff sie nur noch die Lippen fester zusammen, aber dann platzte es aus ihr heraus. „Das ist totale Scheiße, dass meine Mutter mitfährt. Ich brauche kein Kindermädchen. Das ist doch total peinlich. Was will die dabei überhaupt?"

Voller Wut verschränkte Toni die Arme und stampfte mit einem Fuß auf.

Daher wehte also der Wind. Dass sie damit ein Problem haben würde, das hatten weder Lisa noch ich bedacht. Hoffentlich schaffte ich es, ihre Wut zu mildern, sonst würden meine Träume wie Luftblasen zerplatzen.

„Ach Toni. Wenn ich das geahnt hätte! Weißt du, ich musste jemanden ansprechen, der mich als Aufsichtsperson begleitet und bevor Frau Heinrichs mitfahren würde ...“

„Die Heinrichs? Horror, dann würde ich nicht mitkommen!“, schimpfte Toni.

„Siehst du und deine Mutter hat sich bereit erklärt, mitzukommen. Nicht als dein Aufpasser, ganz bestimmt nicht. Mach dir darüber keine Gedanken.“ Davon, dass die Heinrichs mit zu dem Workshop fahren würde, davon war nie die Rede gewesen, aber die Notlüge hatte Erfolg.

„Okay, aber meine Mutter soll sich nicht wie eine Lehrerin aufführen und mich soll sie in Ruhe lassen.“

„Geht klar. Dafür werde ich sorgen!“, versprach ich. „Es hätte mir wirklich leidgetan, wenn du nicht mitgekommen wärst.“

Auf Tonis Gesicht erschien endlich ein Lächeln. Und als sie ging, fiel mir ein zentnerschwerer Stein vom Herzen.

In meinem Büro schrieb ich noch zwei Protokolle, die schon längst überfällig waren, und brachte sie dann ins Sekretariat. Von dort aus ging ich in das Lehrerzimmer, um in meinem Fach nachzusehen, ob dort neue Unterlagen waren. Mehrere große Briefumschläge enthielten Klassenfahrtangebote, ansonsten lag noch das Protokoll der letzten Lehrerkonferenz unter dem Stapel. Also lag nichts an, was ich noch zu erledigen hatte.

„Timmy, wir können uns jetzt auf ein tolles Wochenende freuen. Um dich wird sich Leon kümmern, pass gut auf ihn auf.“ Fast hätte ich den neutralen Briefumschlag übersehen, den jemand unter der Tür durchgeschoben haben musste.

„Hoffentlich nichts Ernstes, darauf habe ich wirklich keinen Bock!“, murmelte ich, legte den Packen Post aus dem Lehrerzimmer auf meinen Schreibtisch und öffnete mit dem Fingernagel das Kuvert.

„Was ist das denn?“, entfuhr es mir, als ich ein rotes Pappherz herauszog. Nirgends fand ich einen Absender. Das konnte doch nur von Dieter sein. Als Kunstlehrer hätte er sich etwas Geistreicheres einfallen lassen können, als mir ein kitschiges Herz unterzuschieben. Er hatte es also noch nicht aufgegeben, um mich zu werben. Kurzerhand zerriss ich das Herz und ließ es in den Papierkorb fallen. Die beste Strategie war, das einfach zu ignorieren. „Komm Timmy, wir haben Feierabend!“ Timmy warf mir einen liebevollen Blick zu und ich kraulte ihn hinter den Ohren.

„Du bist der einzige Mann, den ich liebe!“, flüsterte ich ihm ins Ohr, woraufhin mir Timmy mal kurz über meine Nase schleckte.

Als ich zu Hause ankam, stand dort der blaue Golf von Bernhard mit dem christlichen Fischaufkleber auf dem Kofferraum. Innen baumelte vor der Windschutzscheibe ein silbernes Kreuz. Im Flur machte ich mich lautstark bemerkbar, da die beiden anscheinend in Leons Zimmer waren. Timmy rannte direkt in die Küche, setzte sich vor seinen Fressnapf und sah mich erwartungsvoll an.

„Sofort, mein Schatz, es wird gleich serviert!" Aus dem Kühlschrank nahm ich seine Futterdose und füllte ihm seine Ration in seinen Napf. Schon fing er gierig an zu fressen.

Während ich einen Topf mit Wasser für Spaghetti aufsetzte, erschienen Leon und Bernhard in der Küche. Aufgrund ihrer zerwühlten Haare konnte ich mir denken, dass sie sich wohl eben geliebt hatten. Es tat mir gut zu sehen, dass Leon ein glückliches Gesicht machte, nur Bernhards Augen drückten Besorgnis aus.

„Isst du mit, Bernhard? Es gibt Spaghetti mit Parmesan und Salzbutter!"

Während Leon Teller aus dem Schrank nahm und sie auf den Küchentisch stellte, verneinte sein Freund das Angebot.

„Tut mir leid. Ich muss zurück in die Pfarre. Ich erwarte einen wichtigen Anruf." Bernhard nahm Leon in den Arm und küsste ihn auf den Mund. „Denk nach, worüber wir gesprochen haben."

Leon nickte und begleitete Bernhard nach draußen. „Worüber haben die beiden wohl gesprochen?", fragte ich mich, während ich die Packung Nudeln aufriss und in das kochende Wasser gleiten ließ.

Während Leon und ich kurz darauf am Tisch saßen, versuchte ich ihn dazu zu bewegen, mir etwas über das Gespräch z zu verraten, aber Leon zuckte nur mit den Schultern, und füllte seinen Mund mit Spaghetti.

***

Schlafstörungen waren eigentlich nicht mein Problem, aber je näher der Tag rückte, an dem wir zu dem Theaterworkshop waren würden, umso schlechter schlief ich. Immer wieder sah ich Lisa vor mir. Stellte mir vor, dass wir miteinander schliefen, hatte Angst, dass sie mich zurückweisen würde. Schließlich war Lisa verheiratet und lebte mit ihren Kindern und ihrem Mann ein sorgenfreies Leben. Luxus, den ich ihr nicht bieten konnte. Was sollte sie an mir gut finden? Wie dumm von mir, von einem Leben mit ihr zu träumen. Sehnsucht und Zweifel raubten mir den Schlaf. Und wenn ich endlich einschlief, plagten mich Träume, in denen mir Menschen Vorwürfe machten, mich verachteten und schließlich verstießen. Schweißgebadet wachte ich dann auf, erleichtert, dass alles nur ein Traum war. Ich musste endlich realistisch sein und mir eingestehen, dass eine Liebesbeziehung mit Lisa lediglich ein Wunschtraum von mit war.

Am Abend setzte sich Leon unerwartet zu mir ins Wohnzimmer. In letzter Zeit hatte er meist auf seinem Zimmer gehockt. Ich hoffte sehr, dass er dort keinen Alkohol deponiert hatte. Zwar schloss er sein Zimmer nicht ab, wenn er außer Haus war, aber ich hatte keine Traute, sein Zimmer in seiner Abwesenheit zu durchsuchen. Ich musste ihm vertrauen und er mir auch. „Leon, du kümmerst dich doch sicher um Timmy, wenn ich am Wochenende weg bin. Wenn du keine Zeit hast, mit ihm spazieren zu gehen, dann lass ihn in den Garten."

„Meinst du, ich bin dazu nicht in der Lage?" Leon war sichtlich sauer. Er hatte ja recht. Alt genug war er und ich wusste, dass er meinen Hund sehr mochte.

„Entschuldige, aber mir fällt es wirklich schwer, ohne Timmy wegzufahren." Zur Bestätigung klopfte ich auf den freien Sofaplatz nehmen mir und schon sprang Timmy rauf und kuschelte sich an mich.

„Schon gut, Schwester. Du solltest dich aber mal nach einem menschlichen Kuschelwesen umschauen", grinste Leon.

Wider Erwarten wurde ich rot. Er konnte nichts von meiner Sehnsucht nach Lisa wissen. Oder hatte er etwas gespürt, wenn sie kam, um mich zum Spaziergang abzuholen.

„Du hast gut reden", sagte ich leicht dahin, „immerhin hast du einen festen Partner! Und einen wirklich netten dazu."

Leon nickte und holte aus seiner Jeans eine Packung Zigaretten hervor, nahm einen Stängel, zündete ihn an und inhalierte genüsslich den Rauch.

„Leicht ist das auch nicht. Bernhard steht unter Druck. Es wird schon über ihn gemunkelt, dass er auf Männer steht. Im Presbyterium gibt es erzkonservative Typen. Die warten nur darauf, ihm eins auszuwischen."

„Das tut mir leid. Es wäre wirklich schade, wenn das deswegen mit euch auseinanderginge!" Dann würde mein Bruder garantiert sinnlos Alkohol konsumieren und ich müsste mir richtig Angst um ihn machen wegen seiner labilen Psyche.

„Bernhard hat schon einen Versetzungsantrag gestellt. Damit er von hier wegkommt. Und ich soll mit ihm kommen, aber vorher muss ich noch etwas durchziehen."

Das hörte sich geheimnisvoll an. Ich war gespannt, was nun kommen würde.

„Also, ich habe mit einer Psychotherapie begonnen!" Leon sah mich an und wartete auf eine Reaktion.

„Das ist doch klasse. Jetzt weiß ich auch, wo du immer hin verschwunden bist. Leon, das ist wirklich gut. Was hast du für ein Gefühl?"

Leon blickte etwas verlegen und schnippte die Asche von seiner Zigarette in den Aschenbecher, der vor ihm stand.

„Bernhard hat mir die Psychologin besorgt. Es ist nicht einfach, so in der eigenen Seele zu schaufeln, aber auch wenn es oft sehr schmerzlich ist, so merke ich, dass es mir guttut."

„Jedenfalls ist es eine Frau, also braucht Bernhard keine Angst zu haben, dass du dich in sie verliebst", versuchte ich das Gespräch aufzulockern.

„Sehr witzig!" Leon grinste mich an und wirkte nun etwas entspannter. „Jetzt ist ein Antrag gestellt, damit ich in eine Klinik komme."

„Wieso das denn?" Leon in einer Klinik, wann wo und wie sollte das gut gehen?

„Ich muss da ... also ... du weißt doch, wegen Vater. Alles meine Schuld und dann kommen immer wieder diese Selbstmordgedanken."

„Oh Leon, dass dich das so sehr quält! Warum hast du nichts gesagt? Und ich habe nichts gemerkt. Ich sage den Workshop ab und bleibe hier, damit du nicht allein bist." Ich musste mich zusammenreißen, um nicht loszuheulen.

Leon winkte mimisch ab. „Unsinn. Fahr du ruhig. Bernhard wird hier in der Zeit sein. Mach dir keinen Kopf. Ich tue mir nichts an. Und bis ich den Termin in einer Klinik habe, dauert es ja auch noch eine Zeit. So schnell klappt das mit den Anträgen nicht."

Ich stand auf, ging zu meinem Bruder und umarmte ihn. So sehr wünschte ich ihm, dass er bald seine Schuldgefühle begraben könnte.

∗∗∗

Endlich war es so weit. Nachdem wir uns noch durch vier Stunden Schule gequält hatten, trafen wir uns alle auf dem Parkplatz, wo ich den Kleinbus abgestellt hatte. Lisa zu sehen und die Vorfreude auf unsere zwei gemeinsamen Tage, ließ mein Herz schneller schlagen. Alle waren gut gelaunt, bis auf Antonia, die ein motziges Gesicht zog.

„Wir hatten mal wieder eine Auseinandersetzung", flüsterte mir Lisa zu und nahm auf dem Beifahrersitz neben mir Platz.

Zum Glück hatte sich Lisa von Antonias mieser Laune nicht anstecken lassen. So verlief die Fahrt nach Aachen ohne Zwischenfälle. Fröhliches Geschnatter der Mädchen und vorne hatte ich eine CD mit diversen aktuellen Hits laufen.

Bei der Ankunft sammelten wir uns mit Gepäck erst einmal im Foyer, wo wir herzlich begrüßt wurden.

„Hier bekommt ihr jetzt die Schlüssel zu euren Zimmern. Wir haben zwei Dreibettzimmer, ein Viererzimmer und ein Zweierzimmer. Das ist für eure Lehrer!"

Ich konnte mein Glück kaum fassen. Ich sollte mir für die Zeit unseres Aufenthaltes mit Lisa ein Zimmer teilen. Vorsichtig schielte ich zu ihr hin, um ihre Reaktion darauf abzuschätzen, vielleicht fand sie das nicht so prickelnd wie ich. Sie schnappte sich vor mir den Schlüssel und grinste mich an. „Super, das ist wie früher auf den Klassenfahrten."

Die Mädchen einigten sich verhältnismäßig schnell, wer mit wem das Zimmer teilen wollte. Antonia würde ins Dreierzimmer gehen. Ihre Mine hatte sich immer noch nicht gebessert. Im Gegenteil. Giftige Blicke warf sie ihrer Mutter zu. Das konnte ja lustig werden.

Ich trat auf das Mädchen zu und legte meinen Arm um sie. „Toni, lächle bitte. Es ist so schön, dass du mitgefahren bist. Freu dich auf das, was kommen wird."

Großen Erfolg hatte ich nicht, immerhin warf sie keine Giftpfeile auch auf mich. Ich nahm mir vor, mich intensiver um sie zu kümmern. Vielleicht rückte sie mit der Sprache raus, welche Laus ihr über die Leber gelaufen war.

„In fünfzehn Minuten treffen wir uns dort hinten im Speisesaal. Und achtet bitte auf die Hausregeln. In den Zimmern ist Rauchen und Alkohol tabu. Bis später!"

Lisa und ich bezogen unser Zimmer, das schlicht eingerichtet war. Zwei Betten, zwei Stühle, ein Tisch ein Schrank und ein angrenzendes Bad mit Dusche. Der Luxus für die Lehrkräfte, denn die Schüler mussten zum Duschen in den Wasch- und Toilettenraum auf dem Gang.

„Wie in der Jugendherberge", lachte Lisa und stellte ihre Reisetasche neben den Kleiderschrank an die Wand.

„Die Betten sind ganz schön schmal. Wie gut, dass wir kein Übergewicht haben!", bemerkte ich sarkastisch.

Lisa schmiss sich auf ihr Bett an der Fensterseite und testete die Matratze.

„Lässt sich für zwei Nächte machen. Was hältst du davon, wenn wir die Betten zusammenschieben? Das ist doch gemütlicher zum Quatschen!", sagte Lisa und ich nickte zustimmend und half ihr bei der Bettumstellung. Kein Problem bei den Leichtgewichten. Ich konnte mein Glück immer noch nicht fassen. Nicht nur, dass ich mit ihr zwei Tage und Nächte verbringen würde, jetzt schliefen wir sogar Seite an Seite. Hoffentlich konnte ich mich zusammenreißen, um nicht über Lisa herzufallen.

Wir mussten uns beeilen, um in den Speisesaal zum Mittagessen zu kommen. Die Mädchen und Marcus, der Workshopleiter, hatten sich dort schon an einem Tisch zusammengefunden. Zwei Plätze waren noch frei, allerdings nicht nebeneinander.

„Hier ist noch Platz!" Antonia deutete auf den Stuhl neben sich, doch als Lisa Anstalten machte, dorthin zu gehen, wehrte sie ab. „Den Platz habe ich für Klara freigehalten. Du kannst dich da drüben neben Claudia setzen." Lisa und ich tauschten einen kurzen Blick miteinander aus, setzten uns dann aber auf die uns zugewiesenen Plätze.

Wie üblich in dem Alter entging mir nicht, dass die Mädchen Marcus bereits anhimmelten. So schnell ging das. So lange er sich nicht auf eine Liebschaft mit einem der Mädchen einließ, sollten sie ihren Spaß haben.

„Ist dein Zimmer okay?", fragte ich Antonia und reichte die Schüssel mit den Nudeln an sie weiter.

„Ja, passt schon. Gabi und Claudia sind bei mir auf dem Zimmer. Und euer Zimmer?", erwiderte Antonia und stierte auf ihren Teller.

„Gut. Ist wie in einer Jugendherberge!", sagte ich betont locker. Wenn sie wüsste, dass wir die Betten zusammengeschoben hatten …

Nach einer kurzen Mittagspause verbrachten wir den Nachmittag in einem großen Raum mit einer Bühne ähnlich einer Schulaula. Marcus hatte nun Unterstützung von seiner Kollegin Tanja und mit Sprechübungen, Bewegungsübungen und Atemübungen verging die Zeit recht schnell.

Ich sehnte mich nach meinem Bett. Immer musste ich daran denken, später zusammen mit Lisa dort zu liegen. Aber es stand immer noch ein langer Abend an und den mussten wir mit den Mächen und ihren Trainern verbringen. Für den Abend hatten sich Marcus und Tanja überlegt, mit uns Scharaden zu spielen. Sie hatten Karten mit Aufgaben vorbereitet und die Mädchen versuchten mehr oder weniger gekonnt, einen Begriff mimisch darzustellen. Alles verlief ungezwungen, bis Marcus vorschlug, dass sich die Mädchen nun auch selbst etwas ausdenken sollten. Zum Beispiel Persönlichkeiten, Märchenfiguren, Filme oder Bücher darzustellen. Je nachdem konnten sie sich dazu auch zu Paaren finden.

Claudia und Marlies, ein pummeliger Teenager, legten los und schnell wurde erraten, dass sie Dick und Doof darstellten. Lisa und ich hielten uns zurück, denn die Mädchen sollten kreativ sein.

Dann meldete sich Antonia und zog mich als Partnerin von meinem Stuhl. „Wir stellen Romeo und Julia dar!", flüsterte sie mir ins Ohr. „Ich bin Romeo und du Julia. Ich knie mich vor dir hin und halte deine Hände."

„Gut, aber ob das erraten wird?" Ich bezweifelte das, aber ließ mich darauf ein.

Auf der Bühne ging Antonia auf die Knie, nahm meine Hände und sah mich an. Wie erwartet kam niemand auf Romeo und Julia. Es wurde eher gedacht, ich sei ein Heiliger und würde angebetet. Da sprang Antonia plötzlich auf und bevor ich überhaupt reagieren konnte, küsste sie mich auf den Mund. Ich war völlig komplex und wusste nicht, wie ich darauf reagieren sollte. Die Mädchen applaudierten und waren nun sicher, dass wir ein Liebespaar darstellten. Noch immer hielt Antonia meine Hand und gab dem Publikum die Lösung. „Wir waren Romeo und Julia!"

Erneut wurde applaudiert und wir gingen auf unsere Plätze zurück. Ich mit hochrotem Kopf, wie ich merkte. Mir war das Ganze furchtbar unangenehm. Glücklicherweise bestürmten die Mädchen nun Marcus und Tanja. Sie wollten wissen, wie das sei, sich auf der Bühne zu küssen. Ich hörte nicht mehr zu, sah verstohlen zu Lisa und fragte mich, was sie wohl dachte. Marcus beendete den Abend mit einem Blick auf die Uhr. Die Zeiger zeigten 22.30 Uhr.

„Morgen fahren wir ins Theater und werden uns dort hinter den Kulissen rumführen lassen. Für den Abend schauen wir uns *Nora oder ein Puppenheim* von Ibsen an. So viel ich weiß, hat Frau Morjan mit euch in der Schule schon darüber gesprochen. Wir sehen uns also morgen beim Frühstück!"

***

Ich wartete eine halbe Stunde, um dann einmal in jedem Zimmer der Mädchen vorbeizuschauen und eine gute Nacht zu wünschen. Mir war klar, dass sie noch lange in den Zimmern reden würden, aber sie sollten nicht zu laut werden.

Lisa blieb derweil in unserem Zimmer, um sich fürs Bett fertig zu machen. Nachdem ich allen Schülerinnen eine gute Nacht gewünscht hatte, ging ich in unser Zimmer und schloss die Tür ab. Lisa saß in einem hellblauen Pyjama auf dem Bett. Sie hatte nur eine der Nachttischlampen eingeschaltet. „Na endlich!", rief Lisa und ich beeilte mich im Bad, eine Katzenwäsche hinzulegen und in meine Schlafanzughose und ein langärmeliges T-Shirt zu schlupfen. Mein Herz pumpte um einiges schneller, als ich mich nun auf die Bettdecke kniete.

„Tätätärä!" Lisa beugte sich neben das Bett und holte aus ihrer Tasche eine Flasche Sekt hervor!

„Alkohol ist doch verboten!" Eine blödere Bemerkung fiel mir nicht ein.

„Nicht für uns!", grinste Lisa. „Leider ist der Sekt nicht eisgekühlt und wir müssen uns mit einem Zahnputzbecher begnügen!"

„Dann los! Soll ich die Flasche öffnen!"

„Ja, mach, wir müssen doch endlich Brüderschaft trinken. Ich meine Frauenschaft!"

Ich nahm Lisa die Flasche aus der Hand und mit einem *Plop* flog der Sektkorken.

„Der gute Sekt!" Lisa reichte mir den Zahnputzbecher, aber zuerst nahm ich einen großen Schluck aus der Flasche, um den ausströmenden Alkohol aufzufangen."

„Ich auch!" Lisa griff nach der Flasche und schluckte, wobei ein Teil des Sektes über ihren Hals in ihr Dekolleté floss, „Oh Mist. Egal, komm, Romeo, gib mir einen Kuss!"

„Das war nicht witzig!", brummte ich.

„Doch!", kicherte Lisa. „Du hättest mal dein Gesicht sehen sollen."

„Haha, ich glaube, ich muss dich mal durchkitzeln!" Schon fiel ich über Lisa her und kitzelte. Sie war dabei bemüht, die Sektflasche nicht zum Umkippen zu bringen.

„Hör auf! Ich krieg keine Luft mehr!", prustete Lisa und ergab sich. Sie trank einen großen Schluck aus der Flasche und reichte sie dann mir.

„Und jetzt gibt es den Kuss!", sagte ich und schon hatte ich Lisas Lippen mit meinem Mund berührt, ließ sie nicht mehr los, nahm die Flasche und ließ sie auf den Teppich gleiten, danach umfasste ich Lisa und drückte sie in ihr Kissen.

„Du bist nass und riechst nach Sekt!", flüsterte ich, während ich sie wieder leidenschaftlich küsste und begann, die Knöpfe ihres Pyjamaoberteils zu öffnen. Sanft glitten meine Finger unter das Oberteil und fanden Lisas Brüste. Ich streichelte ihre Brustwarzen, die sich durch meine Berührungen versteift hatten, und ein Stöhnen von Lisa sagte mir, dass ihr meine Liebkosungen gefielen. Fast gleichzeitig begannen wir, uns auszuziehen, und lagen nun eng aneinandergeschmiegt auf dem Bettlaken. Vorsichtig glitt ich mit meiner Hand an Lisas Bauch entlang, küsste ihren Bauchnabel und legte dann meine Hand zwischen ihre Beine, die sie genussvoll öffnete und nun ihrerseits meinen Körper streichelnd erforschte. Immer wieder küssten wir uns leidenschaftlich und ich fragte Lisa, ob ihr das gefallen würde, was wir taten. Sie nickte und stöhnend genoss sie die gegenseitigen Berührungen, die nun immer heftiger wurden, bis wir uns auf dem Bett ineinander vergraben hatten und hin und her wälzten.

Eine ganze Zeit lang lagen wir danach erschöpft nebeneinander und wir löschten unseren Durst mit dem Rest aus der Sektflasche, die zum Glück nicht umgekippt war.

„Hast du das erste Mal mit einer Frau geschlafen?", fragte ich Lisa, während meine Finger durch ihr Haar wuselten.

„Ja, und es war ... so schön, Klara, ich kann es nicht beschreiben. Sanft, gefühlvoll, leidenschaftlich ..."

„War es sehr anders als mit deinem Mann? Hast du jetzt ein schlechtes Gewissen?"

Lisas Arm lag auf meinem Bauch und sie schien zu überlegen, was sie sagen sollte.

„Ganz anders", erwiderte sie schließlich. „Mein Mann ist auch liebevoll und ich liebe ihn auf seine Art, nur diese intensive Leidenschaft habe ich bisher nicht erlebt. Wir sind auch schon lange verheiratet und vieles ist einfach Routine geworden. Zudem ist mein Mann fünfzehn Jahre älter als ich."

Ich verstand, glaube ich, was Lisa meinte und küsste sie auf ihren Hals, hinterließ dort einen Knutschfleck. „Das musste sein!", flüsterte ich. „Machst du mir auch einen?"

„Wie pubertierende Teenies", lachte Lisa, aber sie erfüllte mir den Wunsch. „Ich möchte ewig mit dir hier im Bett liegen bleiben."

„Das wäre traumhaft. Wir haben morgen noch den ganzen Tag und die ganze Nacht vor uns."

„Und dann? War es das?" Lisa klang traurig. „Ich werde vor Sehnsucht vergehen, Karla!"

„Ich auch!", gestand ich. „Wir werden uns weiterhin sehen und auch so lange lieben, wie du willst. Ich liebe deine Art, dein Lächeln, deine zarte Haut, deinen Busen, einfach alles an dir!"

Das war der Auslöser dafür, dass wir uns ein zweites Mal liebten und alles andere um uns herum hatte in dem Moment keine Bedeutung.

***

Am folgenden Morgen lag Lisa dicht neben mir, war aber, wie ich, wach. „Hast du gut geschlafen?" Ich beugte mich zu ihrem Gesicht und küsste meine Freundin auf die Wange. Lisa nickte, aber ihr Gesichtsausdruck war nicht entspannt, sondern ernst.

„Klara, ich kann das nicht!"

„Was kannst du nicht!" Ich ahnte, was nun kommen würde, und ein dicker Kloß setzte sich in meinem Hals fest. Lisa suchte mit ihrer Hand nach meiner Hand und hielt diese fest umklammert.

„Ich habe mich in dich verliebt und die Nacht mit dir war wunderbar, aber ich kann das nicht. Ich bin verheiratet und habe drei Kinder. Zumindest Basti und Toni brauchen mich und wie soll das mit uns gehen? Ich kann meinen Mann nicht verlassen und alles aufgeben."

Mein Herz schmerzte bei Lisas Worten, aber im Inneren war ich darauf vorbereitet gewesen. Es wäre ja auch zu einfach gewesen, wenn sie ihre Familie verlassen hätte, um zu mir zu ziehen.

„Liebst du deinen Mann?"

„Ich bin nun schon achtzehn Jahre mit ihm verheiratet. Wir haben drei wunderbare Kinder miteinander und unser Leben ist sorgenfrei."

Sie hatte nicht gesagt, dass sie ihren Mann lieben würde, aber letztendlich würde sie die Sicherheit mit ihm vorziehen, anstatt mit einer Verbindung zu mir ein Risiko einzugehen.

„Wir sollten heute besser nicht viel zusammen machen", bemerkte ich trocken.

„Ja, das habe ich auch schon gedacht. Toni darf auf keinen Fall etwas merken. Ich gehe heute Vormittag nicht mit ins Theater, sondern nach Aachen in die Stadt. Habe Sebastian ohnehin versprochen, ihm eine große Printe mitzubringen." Lisa hielt immer noch meine Hand, sah mich aber nicht an. Auch ich blickte zur Zimmerdecke.

„Okay! Ich denke, es wird Zeit, dass wir aufstehen", sagte ich und sprang aus dem Bett, verschwand im Badezimmer und unter der Dusche ließ ich den Schmerz mit Tränen aus mir fließen.

***

In Gedanken war ich ständig bei Lisa und selbst den Mädchen fiel auf, dass ich nicht bei der Sache war. Antonia schien erfreut darüber, dass ihre Mutter nicht mit bei der Besichtigung im Theater dabei war, heftete sich dafür an meine Seite, was mir unangenehm war, wenn ich daran dachte, dass ich mit ihrer Mutter letzte Nacht geschlafen hatte. Erst beim Abendbrot sah ich Lisa wieder. Scheinbar gut gelaunt setzte sie sich auf den freien Platz neben Marcus und plauderte locker über ihre Einkäufe in der Aachener City.

Mir schenkte sie nur ein kurzes Nicken. Das war es. Auch im Theater suchte sie sich einen Platz neben ihrer Tochter. Diese saß nun genau zwischen uns und machte damit jede zögerliche Berührung zunichte. Meine

Gefühle schmerzten, die unerreichbare Nähe zu Lisa, mein körperliches und psychisches Verlangen nach ihr. Die Angst, dass alles vorbei war, was ich erträumt hatte. Aber sie konnte doch die letzte Nacht nicht einfach vergessen! Das war kein reiner Sex gewesen, da waren Seelen ineinander verschmolzen.

Wie würde sie sich später in unserem Zimmer verhalten? Wahrscheinlich die Betten auseinanderschieben? Ich könnte das nicht ertragen. Damit hatte ich nicht gerechnet und in meinem Innersten hatte es diese Hoffnung gegeben.

Nachdem Lisa und ich uns weitestgehend aus dem Weg gegangen waren, fiel sie mir, kaum dass wir die Zimmertür geschlossen hatten, um den Hals und übergoss mich mit Küssen.

„Lisa!", flüsterte ich, erwiderte nun ihre Küsse. Wir taumelten auf unser Bett, drückten uns aneinander, sodass wir kaum Luft bekamen.

„Klara, ich hatte solche Sehnsucht nach dir! Ich hätte das nicht länger ausgehalten, ohne dich zu spüren!"s gestand Lisa.

Ich weiß nicht, wie lange wir uns gegenseitig liebten, bis wir erschöpft aneinandergekuschelt dalagen. Ich war glücklich, dennoch fraß sich auch der Wurm der Unsicherheit durch meine Gedanken. Wie sollte es mit uns weitergehen?

Lisa sprach es als Erste aus. Sie wusste nicht, was sie tun sollte. Auf der einen Seite war sie verliebt in mich und wünschte sich nichts sehnlicher, als mit mir an meiner Seite zu leben. Aber da war auch ihre Familie. Ihr Mann und besonders die Kinder. Sollte das alles wegen mir zerstört werden? Wie würden ihre Kinder reagieren? Und wenn, dann würde sie nur mit ihnen zu mir ziehen. Und was war mit Herbert, ihrem Mann. Ob er eine Trennung ohne Streit hinnehmen würde?

„Ich weiß nicht, was ich tun soll, Klara!", sagte sie immer wieder.

Ich streichelte beruhigend Lisas Gesicht.

„Ich kann dir das nicht beantworten. Es wäre wunderbar, wenn du mit deinen Kindern zu mir ziehst, aber du musst das entscheiden. Und egal wie, ich liebe dich!"

Nun begannen Lisas Tränen zu rollen und ich versuchte, sie mit meinen Lippen wegzuwischen. „Weine nicht, keiner drängt dich und bis jetzt ist unsere Liebe ein Geheimnis und soll es auch bleiben, bis du dir sicher bist, was du willst."

„Ja", presste Lisa unter Schluchzen hervor. „In drei Wochen ist Weihnachten. Da fahren wir in die Schweiz zu Herberts Schwester. Aber Silvester sind wir wieder zu Hause und danach werde ich meinem Mann sagen, dass ich ausziehe!" Letzteres sagte Lisa mit fester Stimme und ich hoffte auf das neue Jahr.

Zu Hause wurde ich stürmisch von Timmy begrüßt. Er konnte gar nicht aufhören, mich zu lecken und zum Toben aufzufordern. Ich hatte meinen Hund vermisst und tollte mit ihm über den Teppichboden, bis wir erschöpft, aber glücklich nebeneinander auf dem Sofa verschnauften. Leon saß uns gegenüber in einem der drei Sessel und berichtete, dass alles gut verlaufen sei. Die täglichen Gassirunden mit Timmy hätten ihm sehr gutgetan und inzwischen hatte er auch Bescheid für einen Klinikaufenthalt. In drei Tagen würde er in die Nähe von Kiel reisen, um dort mindestens sechs Wochen zu bleiben. Ich wünschte ihm sehr, dass er dort endlich von seinen Schuldgefühlen therapiert werden würde.

Das waren aber noch nicht alle Neuigkeiten. Bernhard hatte seine Versetzung nach Norddeutschland erhalten. Dort sollte er an einer Berufsschule unterrichten und in der dortigen Gemeinde mitarbeiten. Deshalb war es für Leon klar, zu ihm zu ziehen und dort weiterzustudieren. Er war voller Zuversicht, dass alles gut werden würde. Natürlich freute ich mich für meinen Bruder, aber ich würde ihn vermissen.

***

Schon vier Tage waren vergangen, ohne dass Lisa und ich uns begegnet waren. Warum kam sie nicht? Zweifel fraßen sich in mir fest, ob unsere Liebe nur ein Spiel war. Dann endlich, am fünften Tag, klingelte es und Lisa stand zusammen mit Kind und Hund vor der Tür. Timmy begrüßte alle drei und freute sich genauso wie ich über das Wiedersehen. Am liebsten wäre ich Lisa um den Hals geflogen, aber da war Sebastian und das hieß, vorsichtig sein.

„Hallo, Klara, Lust auf einen Spaziergang?", fragte Lisa.

„Ja klar, ich hol nur die Leine! Oder, Sebastian, willst du die Leine holen, du kennst dich ja aus im Haus." Basti stiefelte sofort los und ich nutzte die Gelegenheit, um Lisa kurz in den Arm zu nehmen und sie zu küssen.

„Ich musste dich einfach sehen!", flüsterte Lisa und erwiderte meine Küsse, da kam auch schon Timmy angelaufen, die Leine band er geschäftig an Timmys Halsband fest. Hoffentlich hatte er uns nicht gesehen, aber er schien völlig mit den Hunden befasst zu sein und führte nun beide an der Leine in Richtung Feld.

Dort konnten die Hunde frei laufen und Basti lief ihnen hinterher. Wir gingen absichtlich langsam, um so die Entfernung zu Hunden und Kind zu vergrößern. Wir fassten uns an den Händen und tauschten immer wieder Blicke miteinander, wobei wir aufpassten, dass Basti nicht zurückgelaufen kam.

„Ich habe nur an dich denken müssen!", gestand ich Lisa. „In der Schule konnte ich mich nicht konzentrieren, es war einfach grauenvoll. Und abends war es besonders schlimm!"

„Das ging mir doch auch so, aber ich musste erst einmal Mutter und Hausfrau spielen, damit niemand Verdacht schöpft, wenn wir uns direkt wieder getroffen hätten. Ich habe überhaupt keine Lust auf den Urlaub in der Schweiz. Und dann hat mein Mann auch noch eine Einladung zu einer Silvesterparty angenommen in Düsseldorf bei irgendwelchen Kollegen von ihm. Ich kann mir jetzt überlegen, was ich an dem Tag mit den Kindern und unserem Hund mache. Die Kinder könnte ich eventuell bei Freunden von ihnen unterbringen für die eine Nacht …"

Bevor Lisa weiter spekulierte, bot ich ihr an, dass ihr Hund natürlich zu Timmy und mir kommen könnte, und auch Sebastian und Antonia könnten zu mir kommen, wenn sie wollten.

„Das wäre ganz lieb. Am besten fragen wir Sebastian, was er davon hält, bei dir zu schlafen. Mit zwei Hunden, das wird ihm sicherlich super gefallen. Und Antonia könnte gut bei einer Freundin Silvester feiern, dann wäre das für dich auch einfacher. Oder hattest du etwas vor, dann überlege ich mit etwas anderes!"

Besorgt sah mich Lisa an, aber ich konnte sie beruhigen. Was sollte ich schon vorhaben? Leon war in Kiel, und dass mich meine Mutter oder meine Schwester Weihnachten oder Silvester einladen würden, war undenkbar. So blieb es bei der Vereinbarung, dass Sebastian Silvester bei mir übernachten würde. Natürlich mit der hübschen Bella!

Lisa hatte vor, Sebastian erst nach Weihnachten zu erzählen, dass er bei mir schlafen dürfte. Und zum Glück hatte Antonia schon mitgeteilt, dass sie Silvester auf alle Fälle bei Freunden feiern und übernachten würde.

Die letzten Schultage zogen sich in die Länge, obwohl nur noch in ein paar Klassen letzte Arbeiten geschrieben wurden. Es gab auch wieder Probleme mit Frau Heinrich, über die sich zwei Mädchen beschwert hatten. Sie fanden ihre Lehrerin einfach ungerecht und den Unterricht langweilig. Ich versuchte, die Mädchen zu beruhigen. Es wäre besser, wenn ich nach den Ferien mit Frau Heinrich und ihnen zusammen ein Gespräch führen würde. Jetzt, so kurz vor den Ferien, erschien es mir sinnlos, auf Konfrontation mit ihr zu gehen. Schließlich stimmten die Mädchen zu.

Auch Dieter Windock machte mir unverhohlen Avancen. Hatte er nicht bemerkt, dass ich kein Interesse auf eine Affäre mit ihm hatte? Vielleicht sollte er langsam kapieren, dass ich lesbisch war.

Traditionell gab es zwei Tage vor Schulabschluss eine kleine Adventsfeier im Lehrerzimmer. Dazu hatte der ein oder andere selbst gebackene Kekse mitgebracht oder etwas weihnachtliche Deko organisiert. Ich hatte es nur geschafft, eine Tüte Spekulatius zu kaufen. Unser Musiklehrer hatte Blätter mit den Texten bekannter Weihnachtslieder ausgeteilt und spielte zu unserem schrägen Gesang munter sein Schifferklavier. Natürlich saß Dieter neben mir und konnte es nicht lassen, mich immer wieder am Arm oder Oberschenkel zu berühren, während er besonders laut die Lieder grölte. Ich wich ihm aus, indem ich aufstand und zum Buffet ging, um mir dort einen Teller mit Lebkuchen zu füllen. Wie ich solche Feiern hasste.

„Wie geht es dir? Wir müssten uns mal wieder treffen." Christine, die Kunstlehrerin, die auch damals zu meiner Einweihungsparty gekommen war, stand plötzlich neben mir und legte sich ein Stück Stollen auf ihren Teller.

„Ja, wie die Zeit vergeht", stammelte ich und hatte ein schlechtes Gewissen. Tatsächlich war der Kontakt zu ihr eingeschlafen. „Und wie geht es dir?"

„Ganz gut! Nachdem ich meine alte Beziehung endlich gekappt habe!" Dabei warf sie einen Blick auf Dieter, der mit zwei Kollegen im Gespräch war.

„Hattest du was mit Dieter?"

„Tja, aber auf Dauer ist eine Affäre mit einem verheirateten Mann nicht der Renner!", berichtete Christine. „Und mir war schon klar, dass ich nicht die Einzige war!"

Das war eine Neuigkeit, die dazu führte, dass ich mich verschluckte.

Hilfreich klopfte Christine mir auf den Rücken. „Geht's wieder? Und was macht dein Liebesleben?"

Ich hatte keine Lust, einer Kollegin meine Beziehung zu Lisa zu offenbaren, deshalb zuckte ich nur gleichgültig mit den Schultern und gab mich als zufriedener Single aus. Damit wechselte ich schnell das Thema, um zu erfahren wie sie die Weihnachtstage verbringen würde. Beim Skifahren mit ihrem neuen Lover! Und sie sprudelte los, sodass ich nur hin und wieder zustimmend nicken musste. Schließlich klatschte unsere Direktorin in die Hände und gab damit das Ende der Feier bekannt. Während einige schnell das Weite suchten, waren es eine Handvoll der älteren Kollegen, die anfingen aufzuräumen und ich half bei dem anstehenden Abwasch mit.

Danach fuhr ich auch nach Hause, nachdem ich Timmy aus meinem Büro geholt hatte.

In strömenden Regen kamen wir zu Hause an. Dabei hatte ich gehofft, dass Lisa vielleicht zu einem Spaziergang kommen würde, aber bei dem Sauwetter blieben selbst die Hunde lieber im Warmen.

„Na, Timmy, dann gibt es jetzt erst einmal etwas zu futtern. Wenn der Regen nachlässt, dann machen wir unsere Runde!" Erwartungsvoll schaute mich Timmy an, dann genoss er seine Hundemahlzeit. Gerade hatte ich einen Schluck Rotwein getrunken, als es klingelte. Timmy rannte direkt zur Haustür und wedelte mit dem Schwanz, also musste jemand Bekanntes draußen stehen. Ich öffnete die Tür und Lisa und Bella standen dort völlig durchnässt.

„Lisa!", stieß ich erfreut aus. „Kommt schnell rein!"

Während sich Bella erst einmal kräftig im Flur die Nässe aus dem Fell schüttelte, ließ Lisa ihren Regenmantel auf den Boden gleiten und fiel mir um den Hals. „Klara, endlich, ich musste dich sehen, ich habe es vor Sehnsucht nicht ausgehalten." Sie küsste in einer Tour. Ich nahm ihre Hand, zog sie mit nach oben in mein Schlafzimmer. In aller Hast rissen wir uns die Kleider vom Leib und fielen auf mein Bett, wälzten uns aneinandergeklammert wie Ertrinkende. Fuhren mit unseren Händen und Zungen in die Tiefen unserer Körper, verschmolzen voller Leidenschaft, konnten nicht voneinander lassen, wollten uns in allen Poren spüren, bekamen kaum mehr Luft, warfen uns auf dem Bett hin und her, bis wir in die Gegenwart zurückfanden und erschöpft, aber glücklich ruhig liegen blieben.

„Wie spät ist es eigentlich?" Lisa rekelte sich.

„Moment." Ich richtete mich auf und sah auf den Wecker, der auf dem Nachttisch stand. „Kurz vor fünf!"

„So spät schon, dann muss ich mich beeilen. Basti ist bei einem Freund und ich soll ihn um fünf Uhr abholen!" Lisa sprang aus dem Bett, suchte ihre am Boden verstreuten Kleidungsstücke auf und zog sich in Windeseile an. Ich folgte ihrem Beispiel, versuchte sie dabei zu beruhigen. Es wäre doch kein Drama, etwas zu spät zu kommen. Zusammen rannten wir die Treppe hinunter, wo die Hunde uns freudig ansprangen.

„Jetzt bin ich gar nicht mit Bella gegangen!", stöhnte Lisa, während sie ihrem Hund die Leine umband.

„Wenn du willst, gehe ich mit den Hunden und wenn du Basti abgeholt hast, dann holst du Bella bei mir ab!"

Dankbar für diesen Vorschlag gab Lisa mir einen Kuss, dann lief sie zu ihrem Auto und fuhr davon. „So ihr zwei!", wandte ich mich an die Hunde. Es tröpfelt nur noch. „Komm, Timmy, wir gehen jetzt alle zusammen Gassi!"

***

Endlich hatten die Weihnachtsferien begonnen und meine Schulunterlagen landeten erst einmal neben meinem Schreibtisch. Weihnachtsstimmung kam dieses Jahr nicht auf. Zwar hatten mein Bruder und Bernhard mir angeboten, mit ihnen zu feiern, aber ich fühlte mich ausgelaugt und hatte nur das Bedürfnis, zu schlafen. Das Wetter trug durch Dauerregen nicht zu besserer Stimmung bei. Selbst Timmy schien es nicht besser zu gehen.

Zur Krönung bekam ich auch noch eine Erkältung. Ich sehnte mich nach Lisa und wusste, dass ich bis Silvester wieder fit sein musste. Immerhin kam Basti, um bei mir zu übernachten, und ich wollte alles tun, damit er sich wohlfühlte. Ein bisschen hatte ich Sorge, dass er vielleicht nach seiner Mutter weinen und nicht bei mir bleiben würde. Letztendlich vertraute ich aber auf die Hilfe von Timmy und Bella.

Die Weihnachtstage verbrachten Timmy und ich auf dem Sofa und kämpften uns durch das Fernsehprogramm.

Der Regen hatte glücklicherweise aufgehört, aber es war kalt und ungemütlich. Dennoch raffte ich mich auf, um mit Timmy Gassirunden zu drehen, und merkte, wie gut mir dies tat. Bis auf einen lästigen Husten ging es mir gesundheitlich wieder recht gut. So machte ich mich auf den Weg, um einzukaufen. Dabei dachte ich an Basti und daran, was er gerne essen würde. Beim Metzger fanden Brühwürstchen und Kartoffelsalat den Weg in meinen Einkaufskorb. Im Bioladen wählte ich Maiskörner, um selber Popcorn herzustellen, ein Toastbrot, Milch und Joghurt und ein wenig Käse. Im Supermarkt sah ich mich in der Süßigkeitabteilung um und entschied mich für Schokolade, Bonbons und noch eine Tüte Chips. Auch für Timmy kaufte ich noch einiges an Hundeleckereien.

Ich war aufgeregt. Einmal, weil ich Lisa wiedersehen würde, und auch, ob es Basti bei mir gefallen würde, schließlich sollte er bei Lisa und mir wohnen, wenn sie sich für mich entschied.

Endlich war es so weit. Mit einer kurzen SMS teilte mir Lisa mit, dass sie um fünf Uhr mit Basti und Bella zu mir kommen würde. Schon ab halb vier sah ich ständig zum Fenster hinaus von einer inneren Unruhe getrieben. „Sie kommen nicht vor fünf Uhr", sagte mein Verstand, aber gegen mein Gefühlsleben hatte er keine Chance. Umso erstaunter war ich, als es schon gegen halb fünf Sturm klingelte. Fast wäre ich über Timmy gestolpert, als wir beide zur Haustür hechteten.

„Wir sind früher da!", lachte Lisa mich an. Basti stürmte sogleich mit einem Kinderkoffer in der Hand zusammen mit Bella ins Haus. Lisa nahm mich in den Arm und küsste mich auf meinen Hals.

„Basti war nicht mehr zu halten. Er freut sich so sehr!"

„Komm erst mal rein!" Ich fasste Lisas Hand und zog sie in die Diele. Wir spürten beide das Bedürfnis, uns küssen zu wollen, aber da kam Basti aus dem Wohnzimmer, fasste meine Hand und zog mich hinter sich her.

„Komm, Klara, guck mal, was ich im Koffer habe!" Vorsichtig öffnete er den Kofferdeckel und kippte ihn zur Seite.

„Ein Kissen!", staunte ich und erfuhr, dass dies sein Kuschelkissen war, ohne das er nicht schlafen könne, verriet mir Lisa. Dicht nebeneinander, sodass sich unsere Oberschenkel berührten, knieten wir neben Basti auf dem Boden. Der zeigte nun voller Eifer den Inhalt seines Koffers. Zum Vorschein kamen sein Kuschelteddy, sein Schlafanzug, zwei Bilderbücher, ein Memoryspiel, Pantoffeln und eine Musikkassette mit Kinderliedern.

„Das ist ja toll, was du alles mithast! Und Memory spiele ich auch sehr gerne."

„Da hast du keine Chance, zu gewinnen!", lachte Lisa und legte ihre Hand auf meinen Hals. Es kostete mich alle Kraft, sie nicht in meine Arme zu nehmen und zu küssen. Stattdessen bot ich an, einen Kaffee zu kochen.

„Gerne, ein bisschen Zeit habe ich noch. Basti, du könntest mit Bella und Timmy in den Garten gehen und mit ihnen spielen. Zieh dir aber deine Jacke an."

„Kommt ihr auch mit in den Garten?", fragte Basti und schlüpfte in seine Jacke, die er auf den Teppich geschmissen hatte.

Lisa schüttelte den Kopf und half ihm, den Reißverschluss zuzuziehen. „Klara und ich müssen noch etwas besprechen, aber dann kommen wir auch in den Garten! Also los. Die Hunde freuen sich!"

Zufrieden hopste Basti los und tollte mit den Hunden in den Garten. Sofort rannten wir in die Küche, fielen uns in die Arme, küssten uns, konnten nicht voneinander lassen.

„Ich habe dich so vermisst! Warum musst du zu dieser doofen Silvesterparty!"

„Ich würde auch lieber bei dir sein", brachte Lisa mühsam zwischen den Küssen hervor, „aber es geht nicht. Ich kann das nicht. Ich muss auf den richtigen Moment warten, um es Herbert zu sagen." Lisa rannen Tränen die Wangen hinunter.

„Tut mir leid, Lisa. Lass dir Zeit. Ich möchte einfach mit dir zusammen sein, aber ich verstehe, dass das sehr schwer für dich ist!" Vorsichtig küsste ich Lisas Tränen weg. In dem Moment kam Basti in die Küche gestürmt – mit rotem Gesicht, so sehr hatte er wohl draußen getobt.

„Was hast du, Mama, hast du dir wehgetan?" Erschrocken hielt er im Lauf inne und blickte besorgt zu seiner Mutter, die sich hastig aus meiner Umarmung löste.

„Alles gut, mein Schatz! Mir war etwas ins Auge geflogen und Klara hat es weggemacht!"

„Ach so!" Basti gab sich mit dieser Lüge zufrieden.

„Hier, Basti, du hast bestimmt Durst!" Ich nahm ein Glas aus dem Schrank und füllte es mit etwas Sprudelwasser.

Gierig leerte er das Glas. „Darf Bella neben mir schlafen? Und Timmy auch?"

„Natürlich!", erwiderte ich erstaunt über diese Frage und den Freudentanz, den Basti daraufhin vollzog.

„Zu Hause darf Bella nicht in den Schlafzimmern schlafen", flüsterte mir Lisa zu. „Herbert hat es verboten wegen der Hygiene! Übrigens, wenn irgendetwas ist, dass du mit Basti nicht klar kommst, dann ruf mich an. Aber eigentlich ist er sehr lieb. Meine Handynummer hast du ja."

„Wird schon alles gut gehen!", erwiderte ich. Die Versuchung, Lisa anzurufen, auch wenn alles friedlich war, war natürlich groß. Aber das wäre ziemlich gemein von mir, also schob ich diesen Gedanken weit weg.

„Ich muss jetzt auch gehen." Lisa umarmte mich und lehnte ihr Gesicht an meine Schulter. „Warum ist alles so kompliziert. Warum kann ich nicht einfach hierbleiben …!"

Tröstend fuhr ich mit meiner rechten Hand durch Lisas Haar. „Mach dich nicht verrückt, Lisa. Es wird alles gut werden, glaube mir. Ich liebe dich und ich warte auf dich!" Aber in meinem Innersten war da auch der leise Zweifel, ob wirklich alles gut werden würde.

***

Sie war anstrengend, aber auch schön, die Zeit mit Basti. Nachdem wir zusammen Popcorn hergestellt hatten, setzten wir uns im Wohnzimmer auf den Boden, um zusammen Memory zu spielen, wobei wir mehrmals darauf achten mussten, dass die Hunde nicht über die Karten trampelten. Gegen Bastis Gedächtnis hatte ich keine Chance und voller Stolz zeigte er immer auf seinen wachsenden Stapel mit den Pärchen.

„Okay, du bist der beste Memoryspieler!", gab ich zu. „Aber jetzt ziehen wir uns an und gehen noch eine kleine Runde mit den Hunden. Du bekommst von mir die große Taschenlampe für alle Fälle." Blitzschnell schlüpfte Basti in seine Boots und mit meiner Hilfe in seine Winterjacke. „Ich nehme aber Timmy an die Leine, du kannst Bella nehmen!", bestimmte er. Ich setzte ihm noch schnell seine warme Pudelmütze auf. Dann zogen wir durch die Straßen und hielten uns da auf, wo genug Rasen und auch Feld war. Da es mittlerweile dunkel war, leuchtete Basti mit der Taschenlampe, blieb aber immer an meiner Seite. Zwischendurch schauten wir gebannt den Silvesterraketen zu, die ungeduldige schon jetzt in den Himmel schossen.

„Hast du auch Raketen, Klara?"

„Nein, Basti. Wir müssen auch wieder nach Hause. Schau mal, Timmy und Bella finden das Geknalle gar nicht gut." Beide Hunde waren unruhig und Bella zitterte bei jedem lauten Geräusch.

Es tat gut, wieder in das warme Haus zu kommen. Während Basti mit den Hunden im Wohnzimmer spielte, kochte ich für uns heiße Schokolade, wärmte die Würstchen und deckte in der Küche den Tisch für das Abendbrot. Auch den Hunden stellte ich Näpfe mit Futter hin.

„Ich darf so lange aufbleiben. Bis Mitternacht", erzählte mir Basti, denn er wollte natürlich das große Feuerwerk sehen. Allerdings hatte mir Lisa schon gesagt, dass er vorher einschlafen würde, so schlüpften wir beide in unsere Schlafanzüge und machten es uns auf der Couch bequem. Basti gab mir eines seiner Bilderbücher, damit wir es uns ansehen konnten. Er kuschelte sich an mich und ich sollte den Text vorlesen. Es war ein schönes Gefühl, so auf dem Sofa zu lümmeln, mit einem Kind an der Seite. Für mich war es zu spät, an ein eigenes Kind zu denken. Mit 41 Jahren war der Zug biologisch abgefahren. Doch nun hatte ich die Chance, zwei Kinder zu bekommen. Basti und Toni. Dann gab es noch Konstantin, aber der war fest in München besiedelt, wie Lisa mir erzählt hatte. Mir war bewusst, sollte Lisas Mann sie zwingen, auf die Kinder zu verzichten, wenn sie sich für mich entscheiden würde, dann ... Nein, das wäre unfair. Nie würde sich Lisa von Basti trennen und auch nicht von ihrer Tochter Toni.

„Liest du mir noch etwas vor?" Basti riss mich mit seiner Bitte aus meinem Gedankenkarussel. Er gähnte und reichte mir ein Buch, das er mitgebracht hatte. *Jim Knopf und Lukas der Lokomotivführer.*

„Moment, ich muss erst einmal nachsehen, wie weit ihr bereits gelesen habt. Ah, hier ist das Zeichen. Liegst du bequem?"

„Ja, fang an. Bella und Timmy wollen auch zuhören!"

So begann ich also, aus dem Kinderbuch vorzulesen. Es dauerte nicht sehr lange, bis mir Bastis regelmäßige Atmung sagte, dass er eingeschlafen war. Zweiundzwanzig Uhr dreißig. Da war es auch Zeit, schlafen zu gehen. Behutsam nahm ich Basti auf den Arm und trug ihn, gefolgt von den beiden Hunden, in mein Schlafzimmer. Auf meinem Bett lag schon sein Kuschelkissen parat. Basti schlug zwar kurz die Augen auf, war aber im nächsten Moment gleich wieder eingeschlafen. Zähneputzen musste eben heute ausfallen. Nachdem ich den Jungen zugedeckt hatte, ging ich ins Badezimmer und machte mich bettfertig. Dann legte ich mich zu Basti auf das Bett, deckte mich zu und löschte das Licht. Hoffentlich konnten auch die Hunde bei der Knallerei draußen schlafen. Bella lag vor Bastis Betthälfte und Timmy vor meiner.

„Jetzt fehlt nur noch Lisa", dachte ich und bald darauf schlief ich ein.

***

Hundegebell weckte mich und das Schellen an der Haustür. Verschlafen taumelte ich aus dem Bett, sah auf meinem Wecker, dass es ein Uhr war. Wer konnte das sein? Hoffnung keimte in mir auf. Vielleicht war das Lisa. Lisa, die ihrem Mann alles erzählt hatte und nun zu mir kam. Ich stolperte die Treppe hinunter, stoppte das Gebell, denn Basti sollte nicht wach werden. Als ich die Tür aufriss, stand dort ein Mann mit Antonia an seiner Seite.

„Antonia!"

„Ein Glück, dass Sie da sind. Ich bin Nadines Vater. Antonia sollte eigentlich bei uns übernachten, aber plötzlich wollte sie zu ihnen. Sie war nicht aufzuhalten und wollte schon zu Fuß los."

„Ist etwas passiert auf der Fete?"

Antonia hatte ein verweintes Gesicht.

„Nein, meine Tochter sagte nur, dass Toni plötzlich heulte und nach Hause wollte." Nadines Vater hatte es eilig, zurückzufahren.

„Danke, dass Sie Toni hierhergebracht haben."

Die war inzwischen an mir vorbei ins Haus verschwunden. Ich schloss die Eingangstür und erwartete typischen Liebeskummer von Mädchen in diesem Alter. Sicher waren auch Jungen auf der Fete gewesen. Ich fand Toni im Wohnzimmer, wo sie auf dem Boden hockte und die Hunde kraulte. „Was ist los."

Behutsam ließ ich mich neben ihr auf dem Teppich nieder.

„Gar nichts ist los!", schluchzte Antonia und lehnte sich gegen mich.

Ich umarmte sie tröstend. Jetzt roch ich es auch. Antonia hatte Alkohol getrunken und wahrscheinlich auch geraucht.

„Soll ich deine Mutter anrufen?"

Heftig schüttelte Antonia den Kopf und ohne Vorwarnung begann sie, meinen Mund zu küssen, aber verfehlte ihn und netzte mein Gesicht mit Tränen und Speichel.

„Lass das. Hör auf!" Energisch schob ich das angetrunkene Mädchen von mir weg.

„Ich liebe dich!", schluchzte Antonia daraufhin und versuchte erneut, mich zu küssen.

Von diesem emotionalen Ausbruch erschrocken stand ich abrupt auf und wich zurück. „Du bist betrunken, Toni."

„Aber ich liebe dich doch!", lallte Antonia und weinte nun hemmungslos.

Ich fühlte mich völlig hilflos und überfordert mit dieser Situation. „Es ist besser, wenn du jetzt versuchst zu schlafen. Ich möchte nicht von dir geküsst werden. Leg dich hier auf das Sofa. Für alle Fälle stelle ich dir einen Eimer daneben, falls du dich übergeben musst!"

Sollte ich vielleicht doch Lisa anrufen? Aber sie könnte ja auch nichts ändern an der Situation. Toni schluchzte immer noch und wankte zum Sofa. Ich legte eine Wolldecke über ihren Körper und zog ihre Schuhe aus. Vermied dabei aber jede körperliche Berührung.

„Ich lieb dich so!", nuschelte Toni, lag mit geschossenen Augen auf der Seite und sicherlich drehte sich in ihrem Kopf alles durch den Alkohol. Hoffentlich würde sie ihren Rausch ausschlafen können.

„Schlaf jetzt. Morgen sieht die Welt schon wieder heller aus!", verabschiedete ich mich von dem Mädchen, ließ eine Stehlampe brennen und ging dann möglichst geräuschlos zurück in mein Bett. Glücklicherweise schlief Basti tief und fest und hatte von alledem allem nichts mitbekommen. Auch die Hunde trollten sich auf ihre Plätze und Timmy seufzte tief, als hätte er alles verstanden. Mir grauste vor dem morgigen Tag.

***

Basti weckte mich am nächsten Morgen kitzelnd und erlöste mich damit erst einmal von der schlimmen Nacht mit quälenden Gedanken und Albträumen. „Basti, du kannst mal ins Wohnzimmer gehen. Da schläft deine Schwester. Aber sei vorsichtig. Sie ist bestimmt sehr müde."

Ich stand in der Küche und bereitete das Frühstück. Innerlich wusste ich nicht, wie ich Toni begegnen sollte. Am besten war wohl, so zu tun, als wäre nichts passiert. Entscheidend war, wie das Mädchen sich verhalten würde. Während die beiden Hunde sich über ihre Fressnäpfe hermachten, deckte ich den Tisch.

„Sie ist ganz müde!", berichtete Basti und setzte sich an den Tisch.

„Hast du gefragt, ob sie aufstehen will?", fragte ich und als er verneinte, beschloss ich, zu ihr ins Wohnzimmer zu gehen. Dort lag Toni mit verkaterten Kopfweh und vom Weinen geschwollenen Augen.

„Guten Morgen, Toni. Wie geht es dir?" Die Frage war überflüssig, natürlich ging es ihr schlecht, wie man deutlich sehen konnte.

„Mir geht es gut. Ich habe nur Kopfschmerzen." Toni schlug die Wolldecke zur Seite und richtete sich auf.

„Soll ich dir einen Tee machen? Oder möchtest du etwas anderes?"

Toni schüttelte den Kopf, dabei sah sie an mir vorbei. „Es geht schon. Nie mehr Alkohol!", klagte sie.

Anscheinend war Tonis Strategie, den gestrigen Abend einfach auszulöschen. Sollte ich sie auf ihre Liebesschwüre ansprechen? „Wegen gestern Abend ...", begann ich zaghaft, aber Toni unterbrach mich direkt.

„Vergiss es. Ich war besoffen, da redet man eben ziemlichen Mist. Hast du Kaffee?" Sie stand auf und verschwand mit unsicherem Gang im Gästebad. Okay, wenn sie nicht darüber reden wollte, dann sollte es so sein. Aber es war sicher gut, wenn ich Lisa davon erzählen würde. Oder besser nicht?

Nach dem Frühstück wollte Basti unbedingt mit den Hunden spazieren gehen. Antonia teilte mir betont sachlich mit, dass sie nach Hause gehen würde.

„Ich bleibe aber noch hier!", bestimmte Basti und zog den Hunden nacheinander schnell deren Halsband an.

„Okay, Toni. Du weißt, dass du jederzeit mit mir sprechen kannst. Ich werde deine Mutter anrufen, damit sie nachher Basti und Bella abholt. Ist mit dir alles okay!"

Toni verzog genervt ihr Gesicht und begann, ihre Klamotten zusammenzusuchen. „Ja, kannst du mal mit der blöden Fragerei aufhören?"

Es hatte wenig Sinn, weiter mit dem Mädchen zu reden. Ihr war der gestrige Abend mehr als peinlich und deshalb wollte sie auch nichts mehr davon hören.

Zusammen mit Basti und den Hunden machte ich mich auf den Weg und schrieb Lisa eine SMS, wo sie uns finden würde. Anrufen wollte ich lieber nicht, um nicht zu riskieren, dass plötzlich ihr Mann an der Strippe hing. Kurz darauf erhielt ich eine Antwort. Lisa machte sich bereits auf den Weg zu uns. Dann sah ich sie den Feldweg entlang kommen und mein Herz schlug bei ihrem Anblick schneller.

„Basti, schau mal, wer da kommt." Basti, der mit den Hunden beschäftigt war, drehte sich um, dann lief er auch schon los. „Mama, Mama!" Er sprang Lisa in die Arme und ließ sich liebkosen. Mit ihrem Sohn an der Hand kam Lisa auf mich zu, wobei die Hunde schwanzwedelnd und vor Freude bellend sie begleiteten.

Lisa strahlte über das ganze Gesicht, als sie nun auch mich umarmte und wir kurz unsere Wangen aneinander lehnten. Wie gerne hätte ich Lisa weiter im Arm gehalten und sie geküsst, aber da war Sebastian, der aufgeregt an Lisas Ärmel zog und darüber berichteten, wie wir Popcorn selbst hergestellt hatten, und erzählte, dass er im Memory immer gewonnen hatte.

In meinem Haus angekommen, beauftragte Lisa Basti, seinen Koffer zu packen. Zusammen mit den beiden Hunden hüpfte er nach oben, um seine Sachen zusammenzusuchen. Kaum war er außer Sichtweite, fielen wir küssend übereinander her.

„Endlich! Den ganzen Abend habe ich nur an dich gedacht!", stöhnte Lisa. „Am liebsten wäre ich zu dir gekommen."

„Ich habe dich auch so sehr vermisst." Wir überhäuften uns mit Liebkosungen, bis wir Basti die Treppe herunterpoltern hörten. Sofort stoben wir auseinander und ich tat an der Spüle geschäftig.

„Ich muss aber noch mein Spielzeug einpacken. Hilfst du mir, Mama!"

„Gleich, geht schon mal ins Wohnzimmer." Lisa wandte sich zu mir und ihre Augen drückten Sehnsucht und Verzweiflung aus. „Ich möchte so sehr wieder eine Nacht mit dir verbringen. Aber Herbert hat noch drei Tage frei und da kann ich mich nicht wegstehlen."

Natürlich tat dies weh, aber ich konnte Lisa auch verstehen. Nur wie lange konnte man diesen zermürbenden Zustand aushalten? Ich entschloss mich, ihr erst einmal nichts von Tonis Auftritt hier zu erzählen. Ich berichtete nur, dass sie die Nacht hier auf dem Sofa verbracht hatte. Als ich Lisa und Basti zur Tür begleitete, umarmte mich der kleine Junge und drückte mir einen nassen Kuss auf den Mund.

***

In den nächsten Wochen lebte ich nur für die Zeit, wenn Lisa und ich uns zum Spaziergang mit den Hunden trafen. Sie hatte immer noch nicht den passenden Moment gefunden, um mit ihrem Mann zu reden, dennoch trug mich die Hoffnung, dass sie sich trennen würde von Tag zu Tag. Ich hatte sogar begonnen, zwei Zimmer für die Kinder umzuräumen, soweit dies möglich war. Direkt neben unserem Schlafzimmer sollte das Kinderzimmer für Basti entstehen und im dritten Stockwerk würde Antonia ein großes Zimmer und ein kleines Bad für sich haben. Das würde den Wünschen eines Teenagers sicherlich gerecht werden.

In der Schule hatte ich kaum die Kraft, mich zu konzentrieren und mich mit den Problemen einzelner Schüler zu beschäftigen. Antonia hatte, obwohl ich damit schon gerechnet hatte, die Theater AG nicht verlassen, dennoch spürte ich eine Barriere zwischen uns, die es vor besagtem Silvesterabend nicht gegeben hatte.

Zu Hause konnte ich keine Kraft aufbringen, um das Nötigste im Haushalt zu erledigen. Ohne Hund wäre ich wohl nicht einmal aus dem Haus gegangen. So aber war ich dazu gezwungen und letztendlich merkte ich, wie mir die frische Luft und die Bewegung guttaten. Schlimm war es, wenn Lisa wegen anderer Verpflichtungen den Hundespaziergang mit mir absagen musste. Dann spürte ich, wie sich ein Klumpen in meiner Brust festsetzte, der aus Angst, Hoffnungslosigkeit, aber auch Wut zusammensetzte.

Warum sprach Lisa nicht endlich mit ihrem Mann? Wollte sie sich gar nicht von ihm trennen? Hielt sie mich einfach nur hin? Sollte ich sie zu einer klaren Ansage zwingen? Zugleich schämte ich mich für solche Gedanken, denn mir war klar, dass Lisas Situation, gerade wegen der Kinder, kompliziert war.

Zwischenzeitlich hielt ich Kontakt mit meinem Bruder, wobei er es war, der mich anrief. Ihm und seiner großen Liebe ging es sehr gut. Die Therapie stärkte Leon und das Studium der Psychologie war für ihn die richtige Entscheidung gewesen. Einerseits freute ich mich für Leon und Bernhard, auf der anderen Seite verspürte ich bei so viel Glück Neid. Glück, auf das ich bisher vergebens wartete.

Die Osterferien waren vorüber, in denen Lisa mal wieder mit der Familie nach München gereist war, während ich in meinem Haus gesessen und Trübsal geblasen hatte. Dann trat ein, womit ich kaum noch zu hoffen gewagt hatte. An einem Donnerstagnachmittag klingelte es und Lisa stand vor der Tür. Neben sich einen Koffer und eine Reisetasche. In der Hand die Leine mit Bella.

„Lisa!" Ich schluckte. Sie war da mit Gepäck, hatte sie also endlich die Trennung vollzogen? Ihr Gesicht zeigte Spuren von Schlaflosigkeit, Erschöpfung und Tränen.

„Da bin ich!", presste Lisa hervor und schon fielen wir uns um den Hals. Wie gut das tat, ihren Körper zu spüren.

„Komm schnell rein, setz dich erst einmal!" Ich schnappte mir das Gepäck, löste die Leine von Bellas Halsband und schloss die Haustür hinter uns zu.

Es dauerte ein paar Minuten, bis Lisa in der Lage war zu erzählen. Wir saßen eng aneinandergekuschelt auf dem Sofa. Ich streichelte Lisa sanft, die nun fürchterlich schluchzte. Endlich beruhigte sie sich und schaffte es, zu berichten, wie ihr Outcoming verlaufen war.

Ihr Mann war wohl zunächst verdattert, als Lisa ihm gestand, dass sie sich in eine Frau verliebt habe und mit dieser zusammenleben wolle. Natürlich wollte er wissen, wer diese Frau sei und wie lange das zwischen ihnen schon ging. Anstatt Lisa mit Vorwürfen und Drohungen zur Vernunft zu bringen, fing er schallend an zu lachen. Das sei ja wohl klar eine Midlifekrise und pubertäres Verhalten. Zwei Monate würde er dieser Geschichte geben.

„Er hat mich wie ein kleines Kind behandelt!", sagte Lisa und diesmal waren ihrer Worte voller Wut. „Wie ich mir das denn denken würde? Wovon ich leben wolle und ob ich die Kinder mitnehmen wolle …?"

Ich streichelte Lisa weiter vorsichtig, bedrängte sie nicht, ließ erst einmal alles heraussprudeln.

„Ich hätte schließlich eine Ausbildung zur Hotelfachfrau, wenn er das noch nicht vergessen hätte, sagte ich ihm. Und außerdem hätte ich ein eigenes Konto und ein Sparbuch. Er hat nur überheblich gelächelt und meinte, dass ich bestimmt nicht auf Dauer auf den Luxus verzichten wolle, den er mir bieten würde." Lisa brachte ein gequältes Lachen hervor. „Als wenn mich das überhaupt daran hindern würde, zu dir zu ziehen. Und die Kinder würde ich mitnehmen und Bella natürlich auch. Ich hatte nur Angst, dass er mir die Kinder wegnehmen würde. Aber er sagte, dass die Kinder sicher nicht auf Dauer auf den Komfort verzichten würden. Immer nur Materielles in seinem Hirn. Er schien sich gar nicht vorstellen zu können, dass die Kinder bei mir und dir bleiben würden."

Jetzt erwiderte ich erst mal etwas zu ihrer Erzählung. „Mein Gott, Lisa, was hast du durchgemacht. Ich liebe dich für deine Stärke und du wirst diesen Schritt nicht bereuen. Ich bin für dich und deine Kinder da …"

„Das weiß ich, Klara, aber dann rief Herbert Toni, die auf ihrem Zimmer war. Basti lag ja schon längst im Bett und schlief. So sachlich und abwertend hat er Toni alles ausgebreitet. Dass ich mit einer Frau zusammenleben wolle und Toni und Basti mitkommen müssten."

Daraufhin, so berichtete Lisa, wurde Toni erst blass und dann brach es schreiend aus ihr heraus. Nie würde sie mit mir mitgehen. „Es sei einfach ekelhaft, dass ihre Mutter zu dieser Lesbe ziehen würde. Sie hasse mich und diese Frau. Sie wusste inzwischen natürlich, dass du diese Frau bist, obwohl dein Name bisher nicht gefallen war. Toni schrie und heulte, dann knallte sie die Wohnzimmertür mit Karacho zu. Herbert lächelte daraufhin nur süffisant und machte mit direkt Vorwürfe. Da würde ich ja sehen, was die Kinder davon halten würden. Wie ich nur so egoistisch sein könne." Wieder versank Lisa in Tränen. Die Reaktion von Toni hatte sie schwer getroffen.

Mir wurde heiß bei dem Gedanken, ob Lisa dies verkraften würde. Und was war, wenn Basti genauso reagieren würde? Nie und nimmer würde Lisa dann zu mir ziehen.

„Das tut mir so Leid, Lisa. Vielleicht beruhigt sich Toni, wenn sie erst einmal in Ruhe darüber nachdenkt. Sicher war das für sie ein Schock! Was ist mit Basti?"

Lisa schniefte in ihr Taschentuch und versuchte, ihr Gesicht von den Tränen zu trocknen. „Basti hat nichts mitbekommen. Ich habe ihn in den Kindergarten gebracht. Danach geht er zu seinem Freund und darf dort auch übernachten. So habe ich genug Zeit, das Nötigste aus seinem Zimmer zu holen und auch Bellas Decke und ihr Lieblingsspielzeug."

„Okay, dann helfe ich dir natürlich. Und morgen gehe ich nicht in die Schule, sondern melde mich krank. Zusammen schaffen wir das! Weißt du, leg dich jetzt einfach hier aufs Sofa und versuche, wenigstens ein wenig zu schlafen. Du bist ja fix und fertig. Inzwischen bringe ich deine Sachen nach oben und koche uns eine Kleinigkeit."

Lisa nickte, dann streckte sie sich auf dem Sofa aus. Ich nahm vom Sessel die graue Wolldecke und breitete sie über meiner Freundin aus. In der Küche fand ich im Schrank eine Dose Tomatenstücke, aus denen ich eine leichte Suppe zauberte. Dazu würde ich später geröstete Brotscheiben mit Knoblauch bestreichen und etwas Olivenöl darauf träufeln. Zurück im Wohnzimmer setzte ich mich gegenüber des Sofas in den Sessel und beobachtete Lisa, die tatsächlich eingeschlafen war. Ein Gedanke quälte mich. Was, wenn Basti sich weigern würde, mit seiner Mutter hier einzuziehen? Das würde Lisa nie und nimmer verkraften.

Nachdem Lisa aufgewacht war und ein wenig gegessen hatte, machten wir zusammen mit den Hunden einen Spaziergang und besprachen den morgigen Tag. Wir würden gegen neun Uhr in Lisas Haus fahren und dort die für sie und Basti wichtigsten Sachen mitnehmen. Zu der Zeit würde

Toni in der Schule und Herbert in der Klinik sein, nur die Haushaltshilfe würde sicherlich vor Ort sein, aber das war nun auch egal. In meinem Haus würden wir das Zimmer von Basti so gemütlich wie eben möglich einräumen und Lisas Sachen bei mir im Schlafzimmer lagern. Gegen 12 Uhr musste dann Basti, der ja die Nacht bei seinem Freund verbracht hatte, vom Kindergarten abgeholt werden. Ich selber würde mich morgens früh in der Schule krank melden.

Am Abend rief Lisa bei Bastis Übernachtungsfamilie an, um mit ihm zu sprechen, und hörte sich seine Freude darüber an, die Nacht dort verbringen zu können. Auch mit Frau Sievers, der Mutter von Bastis Freund, und einer guten Bekannten von Lisa und ihrem Mann, machte sie noch eine Weile Small Talk und stimmte dem Vorschlag, in absehbarer Zeit mit ihnen auszugehen, zu.

„Geschafft!", seufzte Lisa nach dem Telefonat. „Noch weiß keiner, dass Herbert und ich uns getrennt haben. Wenn ich nur noch mal in Ruhe mit Toni reden könnte. Oder ob es sinnvoll ist, wenn du mit ihr redest?"

Ich schluckte, denn auch oder gerade auf mich würde Antonia aggressiv reagieren. Sie, die in mich verliebt war, was meiner Meinung nach aber nur eine übliche Teenagerschwärmerei war, würde nur noch Verletztheit und seelischen Schmerz spüren. Aber natürlich musste ich es versuchen, mit ihr vernünftig zu sprechen. Vielleicht war der Frust bei ihr inzwischen verraucht. Spätestens übermorgen würde ich wieder in der Schule sein und ihr begegnen, denn dann stand die Theater AG auf dem Stundenplan.

Wir waren glücklich, dass wir uns abends, eng aneinandergeschmiegt, lieben konnten. Dennoch spürten wir bei jedem von uns die Ungewissheit, ob wir wirklich in naher Zukunft unbeschwert miteinander leben konnten.

Am folgenden Tag meldete ich mich telefonisch in der Schule krank und gab Kopfschmerzen und Übelkeit als Grund vor. Nachdem Lisa und ich gefrühstückt hatten und Lisa Basti angerufen hatte, um zu hören, dass es ihm gut ging, machten wir uns, nachdem wir die Hunde versorgt und in den Garten gelassen hatten, auf den Weg.

Wir hatten Glück, dass das Haus leer war und selbst die Hilfe noch nicht eingetroffen war. Schnell packten wir das Notwendigste ein und fuhren in mein Haus zurück.

Hier versuchten wir, das Zimmer von Basti so gemütlich einzurichten, wie wir konnten. Als er nach dem Kindergarten sein Reich betrat, war er glücklich, solch Menge von ihm vertrauten Spielsachen dort vorzufinden. Bisher hielt er den Aufenthalt in meinem Haus für eine Art Urlaub.

Lisa versuchte vergeblich, mit ihrer Tochter zu sprechen. Diese wehrte alle Versuche ab und auch Lisas Mann konnte daran nach seiner Aussage nichts ändern.

In der Schule ging mir Antonia bewusst aus dem Weg. Hatte sich leider auch von dem Theaterworkshop abgemeldet. Irgendwie spürte ich, dass die anderen Mädchen sich inzwischen mir gegenüber verhalten verhielten. Wahrscheinlich hatte sich die Trennung von Tonis Eltern bereits herumgesprochen, denn auch im Ort merkte ich in den nächsten Tagen eine gewisse Distanz, aber auch Neugier, wenn ich einkaufen ging oder jemandem begegnete. Dann wurde ich unerwartet zum Direktor zitiert. Es würde Zeit, über die Verlängerung meines Arbeitsvertrages zu sprechen, meinte er. Sicherlich nur eine Formsache, dennoch spürte ich meinen Magen rebellieren.

Frau Jürgens, die Schulsekretärin, erwiderte bei meinem Eintreten nur kurz meinen Gruß. Sonst hielt sie eigentlich immer einen kleinen Plausch mit mir, aber heute ging sie direkt zu der dick gepolsterten Tür des Rektorzimmers und meldete mich an.

„Herr Küppers, Frau Morjan ist jetzt da!", sagte Frau Jürgens und gab mir zu verstehen, dass ich eintreten durfte. Hinter mir schloss sie sogleich die Tür.

„Frau Morjans, nehmen Sie Platz!" Hinter dem großen, altertümlichen Schreibtisch thronte der Schulleiter und deutete auf einen Stuhl mit Armlehnen vor dem Tisch. „Sie wissen, warum ich Sie hergebeten habe?"

Was sollte dies Floskel? Er hatte mich nicht gebeten, sondern mich herbefohlen. „Nein, aber wahrscheinlich geht es um meine Vertragsverlängerung?" Ich hatte keine Lust auf eine lange Vorrede. Lieber schnell zur Sache kommen und wieder raus aus dieser Höhle, so dachte ich.

Herr Küppers nahm eine Akte, die vor ihm lag, öffnete sie und blätterte darin herum, bevor er mich wieder ansah. „Nun, es geht auch um Ihren Vertrag." Das *auch* betonte er und mir wurde flau im Magen. „Zuerst also zu ihrem Vertrag. Ich muss Ihnen leider mitteilen, dass wir ihn nicht verlängern werden. Das bedeutet, dass Sie nach den Sommerferien nicht mehr hier arbeiten werden."

Ich schluckte. Damit hatte ich nicht gerechnet.

„Es ist bedauerlich, aber gewisse Umstände haben uns dazu bewogen, so zu entscheiden!"

Was für Umstände und wer hatte das mitentschieden?

„Eltern haben sich über Sie beschwert. Ihre Kinder haben erzählt, dass Sie sich mit Antonia Hofer geküsst hätten ..." Ich versuchte, den Direktor zu unterbrechen, aber er ließ mich gar nicht zu Wort kommen. „Zudem haben Sie ein Verhältnis mit der Mutter einer Schülerin begonnen und dadurch deren Ehe entzweit. Es tut mir leid, aber so etwas können wir hier an unserer christlich geprägten Schule nicht dulden."

„Aber das stimmt doch so nicht! Und was ich privat mache, geht keinen etwas an!", widersprach ich mit zittriger Stimme.

„Das Kollegium und die Elternschaft sehen das anders. Auch Frau Heinrich hat große Bedenken, Sie weiterhin hier mit unseren Schülerinnen arbeiten zu lassen."

„Das kann ich mir denken. Frau Heinrichs konnte mich noch nie leiden!", wütete ich und spürte, wie mein Herz immer schneller schlug. Was für Intrigen liefen hier gegen mich?

„Vorsicht. Frau Heinrichs ist im Lehrerrat und hat ganz sachlich argumentiert. Wir können uns nicht gegen die Vorbehalte der Eltern stellen. Als privater Träger ist unsere Schule auf deren Wünsche angewiesen", konterte Herr Küppers.

„Sie lassen sich also von ein paar durchgedrehten Eltern erpressen?", fauchte ich. Mir reichte es allmählich.

„Mäßigen sie sich, Frau Morjans. Es geht hier alleine um Ihr Fehlverhalten. Im Übrigen haben sich auch Schülerinnen über sie beschwert."

„Wer?"

„Das steht nicht zur Debatte. Aber Sie sollen sich den Schülerinnen körperlich mehr genähert haben als normal ..."

„Das stimmt doch gar nicht!", unterbrach ich den Direktor. „Wer erzählt denn so was?" Ich konnte es nicht fassen. Immer war ich der Meinung gewesen, bei den Schülerinnen beliebt zu sein, und nun diese Anschuldigungen. Das tat mehr weh als alles andere.

Der Direktor blickte demonstrativ auf die Wanduhr, um mir zu signalisieren, dass das Gespräch zu Ende war.

„Ich rate Ihnen, sich bis zu den Sommerferien von den Schülerinnen fernzuhalten. Am besten bleiben sie in Ihrem Büro. Sie können sich natürlich auch eine Auszeit bis zu den Sommerferien nehmen. Zudem wäre es sinnvoll, ihr Privatleben wieder in Ordnung zu bringen ..."

„Danke, das war es dann wohl." Völlig verstört verließ ich das Direktorat und eilte in mein Büro. Dort saß Timmy und schaute mich mitleidig an. Natürlich spürte er, dass etwas nicht in Ordnung war. Tröstend begann er, meine Hände zu lecken. Was sollte jetzt werden. Ohne Arbeit? Wie würde Lisa reagieren? Wir beide ohne eine feste Arbeit? Und alle um uns herum verteufelten uns. Wie sollte das weitergehen?

Erst als ich in Lisas Armen lag und sie mich getröstet und mir ihre Liebe versichert hatte, ging es mir langsam besser. Dennoch saßen die Verletzungen durch die Schule tief.

„Wir schaffen das schon. Was kümmern uns andere Leute. Wichtig ist, dass wir uns haben!", sagte Lisa und streichelte dabei über mein Haar.

„Du hast recht, aber so einfach ist das nicht immer. Ich habe das Gefühl, dass selbst die Leute in den Geschäften uns schief anschauen und hinter unserem Rücken über uns lästern." Immer war ich der Meinung gewesen, dass mir so etwas nie etwas ausmachen würde, aber momentan war ich einfach zu dünnhäutig.

Plötzlich hörten wir, wie Basti, der eigentlich schon schlafen sollte, in unser Zimmer kam – begleitet von Timmy und Bella.

„Was ist, mein Schatz, kannst du nicht schlafen?" Lisa hatte sich im Bett aufgerichtet und gab ihrem Sohn zu verstehen, dass er zu uns ins Bett krabbeln sollte. Zufrieden kuschelte er sich an uns. Es war ein gutes Gefühl hier zu dritt, dicht nebeneinander, zu liegen. Es musste einfach alles gut werden.

***

Drei Tage später, ich hatte mich bei meiner Hausärztin krankschreiben lassen, trödelte Basti beim Frühstück, was sonst nicht seine Art war. Ich war dabei, den Hunden ihre Futternäpfe zu füllen, wobei mich beide nicht aus den Augen ließen. Lisa sah auf die Uhr und mahnte ihren Sohn, sich zu beeilen.

„Basti, wir müssen los. Du musst in den Kindergarten. Wenn wir nicht rechtzeitig das sind, wird die Tür abgeschlossen und wir können nicht mehr rein."

Die Worte prallten an Basti ab. Langsam trank er seinen Kakao. Lisa war kurz davor, die Geduld zu verlieren. Sie war nervös, da sie sich mit ihrem Mann für den Nachmittag zu einer Aussprache verabredet war.

„Komm, Basti, wir bringen dich alle zum Kindergarten. Timmy und Bella warten doch auch auf dich", versuchte ich, ihm gut zuzureden.

„Nein! Ich will nicht in den blöden Kindergarten!", stieß Basti plötzlich hervor und warf sich auf den Boden.

Lisa und ich sahen uns erschrocken an. Das war das erste Mal, dass ich eine solche Trotzszene miterlebte.

Lisa versuchte, ihren Sohn vom Boden aufzuheben, der sich aber strampelnd wehrte. „Basti, es reicht. Was soll denn das Theater? Steh jetzt auf und zieh deine Jacke an!" Lisas Nerven standen kurz vorm Zerreißen. Ich kniete mich neben Basti und gab den Hunden ein Zeichen, die sich nun zu dem Jungen gesellten und ihn aufmunternd anstupsten.

„Schau mal! Bella und Timmy haben dich so gerne und sind ganz traurig, wenn du nicht mit ihnen mitgehst."

Tatsächlich schien dies zu wirken. Basti wischte sich die Wuttränen weg und stand auf. „Aber ich nehme die Leine von Bella!", bestimmte er.

„Klar doch. Lisa, du kannst ruhig hierbleiben. Wir bringen Basti zum Kindergarten und dann kommen wir wieder!" Ich streichelte Lisa über ihre Wange und gab ihr einen Kuss. Sie nickte. Auch sie hatte Tränen in den Augen.

Als ich wieder zurückkam, hatte Lisa die Küche aufgeräumt. „Alles gut gegangen!", fragte sie besorgt und half mir, die Hunde von ihren Leinen zu befreien.

„Ja, Basti hat sich auf dem Weg beruhigt. Aber als ich in den Kindergarten kam, standen da eine Erzieherin und zwei Mütter und unterhielten sich lautstark. Als sie mich sahen, hörten sie abrupt auf und schauten mich von oben herab an. Ich war froh, als ich Basti in der Gruppe abgeliefert hatte und wieder draußen war."

„Hast du gehört, worüber sie gesprochen haben?"

Wir setzten uns an den Küchentisch, Lisa stellte zwei Tassen auf den Tisch und goss frischen Kaffee hinein.

„Nicht so richtig. Die haben ja auch sofort aufgehört, als ich reinkam, aber ich meine, eine hätte so was wie *der arme Mann* gesagt. Aber beschwören kann ich es nicht."

„Diese dummen Tratschweiber. Zerreißen sich das Maul über uns. Was bilden sich diese Spießer eigentlich ein!", empörte sich Lisa. „Sollen sie uns doch in Ruhe lassen und sich um ihren eigenen Kram kümmern."

Über den Tisch hinweg nahm ich Lisas Hände und versuchte, sie zu beruhigen. Wahrscheinlich mussten wir damit leben, dass über uns geredet wurde.

Den Nachmittag verbrachte ich mit Basti. Während wir Maumau spielten und sich Basti über jeden Treffer riesig freute, war ich mit meinen Gedanken bei Lisa, die jetzt bei dem Gespräch mit ihrem Mann saß. Hoffentlich schaffte es Lisa, in dem Gespräch ruhig zu bleiben. Ich hatte ein ungutes Gefühl. Schließlich schlug ich Basti vor, mit den Hunden und mir eine Runde zu gehen.

Die Zeit schien nicht zu vergehen. Jetzt war Lisa schon über eine Stunde bei ihrem Mann. Wieder zu Hause kochte ich für Basti und mich einen

Kakao und versuchte, mich nun auf das Mensch-ärgere-dich-nicht-Spiel zu konzentrieren, das Basti aufgebaut hatte. Endlich, nach fast zwei Stunden hörte ich, wie Lisa die Haustür aufschloss. Sie sah angespannt und erschöpft aus, flüsterte mir schnell zu, dass sie mir alles erzählen würde, sobald wie alleine wären und Basti im Bett.

„Ich rufe die Mutter von Tobias an. Vielleicht kann Basti heute dort übernachten!", sagte Lisa und wählte die Nummer. Immerhin war sie mit Tobias Mutter und seinem Vater befreundet und Basti bezeichnete Tobias immer als seinen besten Freund.

„Hallo, Sybille, du, könnte Basti heute bei euch übernachten, das wäre super." Es folgte eine längere Pause, in der Lisa hin und wieder nur ein „Ach" so einwarf. „Gut dann eben nicht!" Lisa knallte den Hörer auf die Gabel und schüttelte nur verständnislos mit dem Kopf. „So eine blöde, verlogene Ziege. Heute würde es überhaupt nicht passen und außerdem wäre es ohnehin besser, wenn sich die Kinder nicht gegenseitig besuchen würden. Lothar, ihr Mann, wolle das nicht!"

„Was soll das denn heißen?" Ich trat zu Lisa und legte ihr beruhigend meine Hand auf die Schulter.

„Sie hat es nicht gesagt, aber ist doch klar. Die halten zu Herbert und ich bin die Böse. Dass sie aber die Kinder damit reinziehen, ist das allerletzte!" Wutttränen rannen Lisas Wangen herunter.

„Das ist wirklich so was von verlogen. Pfeif drauf. Ist zwar nicht die beste pädagogische Lösung, aber ich habe noch eine DVD mit einem Kinderfilm. Den könnte Basti sich auch ohne uns anschauen."

Lisa zuckte kraftlos mit den Schultern, signalisierte mir aber durch ein Nicken ihre Zustimmung.

„Komm, Lisa, setz dich in die Küche und dann reden wir." Ich gab Lisa einen Kuss auf dem Mund und machte mich auf die Suche nach der DVD, die ich schließlich im Wohnzimmerschrank in der untersten Schublade fand.

„Basti, schau mal! Ich habe hier einen ganz tollen Film. Hast du Lust, den anzuschauen?"

Basti klatschte erfreut in die Hände. Wie alle Kinder liebte er Fernsehen.

„Setz dich ins Wohnzimmer. Bella und Timmy schauen mit dir zusammen den Film. Deine Mama und ich sind in der Küche." Damit Basti rundum zufrieden war, brachte ich ihm noch ein Glas Apfelsaft und eine Schüssel mit ein paar Süßigkeiten, dann stellte ich ihn den Film an.

„Viel Spaß, der ist wirklich lustig, der Film."

„Ja!" Schon war Basti ganz von den bunten Bildern im Fernsehen fasziniert. Die Hunde hatten es sich neben ihm auf dm Sofa bequem gemacht. In der Küche kochte ich Kaffee und setzte mich gegenüber von Lisa an den Tisch. „Es ist alles so schwierig, Klara. Ich liebe dich, aber manchmal weiß ich nicht, ob das richtig ist."

Mein Magen krampfte sich zusammen bei diesen Worten. Wollte Lisa mit mir Schluss machen und zu ihrem Mann zurückkehren?

„Was hat dein Mann denn genau gesagt?" Ich ging zur Spüle und füllte mir ein Glas Wasser ein, denn mein Mund war vollkommen ausgetrocknet. Auch Lisa stellte ich ein gefülltes Glas hin.

„Das war seltsam. Ich hatte mich wirklich schon auf einen riesigen Streit eingestellt, aber Herbert war sehr nett. Und ruhig. Allerdings hat er mir gesagt, dass er bereits beschlossen hat, mit Antonia zusammen zurück nach München zu gehen. Er könne wieder in seinem alten Krankenhaus arbeiten. Selbst ein Haus hat er schon gekauft. Und da sei genügend Platz, wenn Basti ihn besuchen würde. Natürlich sei ich auch immer herzlich willkommen."

Meine Hand zitterte, als ich das Glas zum Mund führte. „Willst du denn da hinfahren?"

„Wenn Basti gerne nach München zu Besuch will, dann fahre ich natürlich mit. Aber lieber würde ich bei dir bleiben", beteuerte Lisa und fasste nach meiner Hand.

Wir hatten beide nicht bemerkt, dass Basti plötzlich im Türrahmen der Küche stand. „Wohin soll ich zu Besuch?" Basti kletterte auf den Schoß seiner Mutter und kuschelte sich an sie. Was hatte er von unserem Gespräch mitbekommen.

„Nirgendwohin, Basti. Wie spät ist es eigentlich?" Lisa schaute auf ihre Armbanduhr.

„Wird Zeit, dass wir eine Runde mit den Hunden gehen", sagte ich und stand auf. „Kommt ihr mit?"

„Ja!", rief Basti, rutschte von Schoß seiner Mutter herunter und rannte zu den Hunden, die ihm schwanzwedelnd entgegenkamen.

***

Lisa hatte nicht mehr von einer Fahrt nach München gesprochen und ich hoffte, dass dies alles im Sande verlaufen würde. Stattdessen hatte ich einen ganz anderen Vorschlag, den ich ihr unterbreiten wollte. Ich glaubte, dass es das beste sei, von hier fortzugehen. Das Haus zu verkaufen und dann zum Beispiel nach Schleswig Holstein zu ziehen.

„Warum gerade dahin?" Wir saßen in unserem Bett, jeder mit einem Glas Rotwein in der Hand. Basti schlief bereits in seinem Zimmer zusammen mit den Hunden.

„Weil es da schön ist und wir dort ganz neu anfangen könnten. Stell dir vor, ein kleines Haus direkt an der Ostsee", schwärmte ich.

„Und wovon sollen wir leben?" Lisa hatte anscheinend keinen Sinn für Utopien. „Du bist arbeitslos. Und was soll ich arbeiten?"

„Wir könnten doch eine kleine Pension aufmachen. Am besten nur für Frauen und natürlich mit Hund", fantasierte ich voller Begeisterung, aber Lisa schüttelte nur den Kopf.

„Klara, du bist ein Traumtänzer. Wir haben doch beide keine Ahnung, wie man eine Pension führt. Das wäre schon toll, aber völlig unrealistisch!"

Ich zog verletzt einen Schmollmund. „Man muss auch mal etwas wagen. So schwer kann das doch nicht sein. Wir würden eben nur Zimmer mit Frühstück anbieten. Und denk mal an Basti. Er könnte am Strand spielen und mit den Hunden im Wasser tollen!"

„Basti kommt nächstes Jahr in die Schule. Und wo soll die sein? Wir kennen dort niemanden."

Ich ließ nicht locker, Lisa von meiner Idee zu überzeugen. „Mein Bruder lebt doch jetzt auch dort in der Gegend. Sicher kann er uns helfen. Und sein Freund auch. Als Pfarrer hat er bestimmt gute Beziehungen …"

Lisa seufzte tief und begann, meinen Arm zu streicheln. „Ach, Klara, das wäre wirklich wunderbar, aber es ist so unsicher, was du dir vorstellst!"

„Einfach ist es nicht, da gebe ich dir recht. Aber wenn wir das wirklich wollen, dann schaffen wir das auch!"

„Ich finde, dass wir erst einmal für ein paar Tage an die Ostsee fahren und uns dort alles anschauen sollten. Wir könnten deinen Bruder und seinen Freund treffen. Dann lerne ich die beiden auch mal kennen."

Ich jubelte innerlich. Das war eine gute Idee. Wenn wir erst einmal an der See wären, dann ...

Tatsächlich fuhren wir nur eine Woche später an die Ostsee. Ich war noch krankgeschrieben und Basti ein Kindergartenkind. Somit brauchten wir nicht erst in den Sommerferien fahren. Wir hatten für die fünf Tage eine Unterkunft in einer Pension gefunden, was nicht einfach mit zwei Hunden im Gepäck war, zu der auch eine kleine Ferienwohnung gehörte, die glücklicherweise frei war.

Es war herrlich, bei Sonne und Wind am Ufer zu spazieren. Timmy und Bella tollten ausgelassen in Sand und Wasser und Bastian war damit beschäftigt, interessante Dinge wie Steine, Muscheln oder Krebse zu sammeln. Wir merkten, wie uns die Tage entspannten und wir Kraft tankten. Auch Lisa war begeistert von der Gegend. Abends im Bett spekulierten wir über unsere Zukunft hier und liebten uns mit aller Sinnlichkeit.

An einem Tag trafen wir uns mit meinem Bruder und Bernhard in einem Strandcafé. „Ihr spielt also wirklich mit dem Gedanken, hierhinzuziehen!", sagte Leon, während er dabei Timmy zwischen den Ohren kraulte. Ich nickte und zögerte mit einer Antwort. Würde Lisa jetzt zustimmen?

„Welche Vorstellungen habt ihr bezüglich einer Arbeit?", wollte Bernhard wissen, der mein Zögern registriert hatte.

„Ich habe doch eine Ausbildung zur Hotelfachfrau", erzählte Lisa. „Ich habe allerdings kurz vor dem Ende der Ausbildung abgebrochen, weil ich geheiratet habe. Aber hier gibt es bestimmt reichlich Gelegenheit, im Bereich Hotel zu arbeiten!"

Leon nickte und wandte sich an mich. „Und du, Schwesterchen? Was stellst du dir vor?"

„Als Sozialpädagogin wird es bestimmt klappen, irgendwo eine Stelle zu finden. Und wenn nicht, dann arbeite ich auch im Hotel. Kein Problem."

Während wir uns unterhielten, wurde mir klar, dass das alles nicht einfach werden würde. Aber ich war fest entschlossen, hier unsere Zelte aufzubauen. Von dem Hausverkauf hätten wir erst einmal passendes Kapital und Lisa hatte mir schon gesagt, dass sie auch einiges an Geld auf der Bank habe und es auch möglich wäre, einiges von ihrem teuren Schmuck zu verkaufen. Das klang alles hoffnungsvoll, aber jetzt mussten wir uns auch wirklich ernsthaft an die Umsetzung machen.

***

Die Sommerferien hatten in NRW begonnen. Die Sonne schien und ich saß mit Lisa im Garten auf einer alten Holzbank, während Basti mit seinen Spielzeugautos auf dem Rasen spielte. Die Hunde lagen faul in der Sonne und blinzelten hin und wieder, um zu schauen, ob alles gut war.

„Eigentlich haben wir es doch hier schön", meinte Lisa und hielt ihr Gesicht in die Sonne.

„Ja schon, aber stell dir mal vor, wie schön es erst an der See ist. Sonne, Wind ..."

Lisa fasste nach meiner Hand, schob ihre Sonnenbrille zurecht und lehnte sich an mich. „Ob wir das schaffen, dort ein bezahlbares Quartier zu finden und Arbeit? Auf Dauer reicht das Geld, was uns jetzt zur Verfügung, steht nicht!"

„Mach dir doch nicht solche Gedanken. Wir schaffen das!" Ich war wirklich der festen Überzeugung. Was sollten wir hier denn noch? „Weißt du, was ich mir überlegt habe?", begann Lisa vorsichtig. „Jetzt sind hier Sommerferien. Bevor die Schule anfängt, würde ich für ein paar Tage mit Basti nach München fahren. Dann würde ich auch meine beiden Großen wiedersehen und Herbert wäre dann auch zufrieden."

Mein Herz begann, schneller zu schlagen. Dass Lisa nun nach München fahren wollte, wusste ich, aber nun kam mir ihr Entschluss doch sehr plötzlich vor.

„Wie lange willst du denn in München bleiben?", fragte ich vorsichtig und bemühte mich, meine Enttäuschung zu verbergen.

„Ach, Klara, nur drei oder vier Tage. Und wenn wir wieder hier sind, dann können wir uns ganz auf die Ostsee und den Umzug konzentrieren."

Natürlich hatte Lisa recht, denn eine Fahrt später von der Ostsee nach München würde wesentlich anstrengender werden.

„Und wenn ich mitkomme? Ich könnte in einer Pension schlafen und tagsüber könntest du mir München zeigen", schlug ich vor.

Lisa seufzte tief, aber erteilte mir eine Absage, „Das wäre toll, aber ich werde keine Zeit haben, mich um dich zu kümmern. Ich muss einiges erledigen und die Zeit möchte ich mit meinen Kindern verbringen. Ich hoffe so sehr, dass ich Antonia wieder in die Arme nehmen kann."

Ich blickte Lisa an und sah, wie Tränen ihre Wangen hinunterliefen.

„Ist es so schlimm?" Ich stand auf und nahm Lisa in meine Arme, woraufhin sie anfing, heftig zu schluchzen. Dass sie derart schwer unter dem Streit mit ihrer Tochter litt, hatte ich nicht vermutet. Mir tat mein Herz weh, sie so leiden zu sehen.

Als wir am Abend im Bett angekuschelt nebeneinanderlagen, spürte ich bereits den Trennungsschmerz, wenn Lisa morgen nach München reisen würde. „Ich habe Angst, dich zu verlieren", gestand ich flüsternd.

„Ach, Klara." Lisa küsste mich auf meinen Hals, „Ich bin doch nur ein paar Tage weg. Es ist einfach wichtig, dass Basti seinen Vater und seine Geschwister wiedersehen kann."

„Verstehe ich ja, trotzdem, ich werde dich fürchterlich vermissen in der Zeit!"

„Ich dich auch, Liebes, aber umso schöner ist es, wenn ich zurückkomme! Halte mich ganz fest!" Unsere Körper verschmolzen ineinander, als wir uns in dieser Nacht liebten.

***

Das Haus erschien mir gespenstisch still, nachdem Lisa, Basti und auch Hund Bella abgereist waren. Lisa hatte versprochen, sich zu melden, wenn sie in München angekommen wären. Timmy hockt neben mir, als wir dem Wagen hinterher sahen.

Auch er schien jetzt schon seine Bella zu vermissen. So trösteten wir uns gegenseitig. Ich kraulte und streichelte über sein weiches Fell und Timmy leckte mir hin und wieder die Hand und sah mich mit seinen treuen Augen an, als würde er meinen Schmerz verstehen.

Die folgenden Tage verbrachte ich damit, zu warten und zu putzen. Lisa hatte mich angerufen und erzählt, dass Basti so glücklich sei. Und auch ihr großer Sohn Konstantin war momentan in München. Sie hörte sich euphorisch an, dass alles gut laufen würde. Dem Anschein nach schien sie mich nicht sonderlich zu vermissen, auch wenn sie das am Telefon beteuerte.

Auf der einen Seite gönnte ich Lisa, dass alles gut lief in München. Auf der anderen Seite hatte ich das Gegenteil erhofft, sodass sie ganz schnell wieder zurückkommen würde. Insgeheim schämte ich mich für meine negativen Gedanken, aber ich war eifersüchtig und fühlte mich komplett einsam.

Als mein Bruder anrief, besserte sich meine Stimmung rapide. Er hatte tatsächlich eine bezahlbare Wohnung gefunden und Bernhard stellte mir eine Anstellung als Lehrerin in einem Schulkindergarten in Aussicht. Ich jubelte vor Glück. Jetzt konnten wir hier abhauen und in Norddeutschland eine neue Existenz aufbauen.

Mehrmal versuchte ich, Lisa telefonisch und per SMS zu erreichen, aber ohne Erfolg. Und sie rief auch nicht an. Was war los? Meine Gedanken schossen nur so durch mein Hirn, was das für Gründe haben konnte. Aber auch am Abend und am folgenden Tag hörte ich nichts. Ob ich nach München fahren und Lisa einfach holen sollte? Ich war so aufgewühlt, dass ich nichts essen konnte und überhaupt nichts mehr geregelt bekam. Die Warterei auf eine Nachricht zerrte enorm an meinen Nerven. Selbst Timmy wurde von meiner Unruhe angesteckt.

Als es an der Tür klingelte, riss ich diese auf in der Hoffnung, Lisa würde davor stehen Aber es war nur der Postbote. Enttäuscht nahm ich die Briefe entgegen und ließ sie lustlos auf den Küchentisch fallen. Dabei entdeckte ich, dass ein Brief einen Münchner Stempel trug.

Zitternd riss ich den Briefumschlag auf und erkannte sofort Lisas Schrift.

Liebste Klara,

was ich dir jetzt schreibe, fällt mir unsäglich schwer, weil ich weiß, wie weh dir das tun wird. Aber ich kann nicht anders, auch wenn ich dich liebe und die Zeit mit dir immer in meinem Herzen bleiben wird.

Ich werde nicht zurückkommen, sondern hier in München bei meinen Kindern und meinem Mann bleiben. Basti ist hier so glücklich und er hängt an seinem Vater und seinen Geschwistern. Deshalb soll Basti auch hier eingeschult werden. Ich bringe es nicht über das Herz, ihn hier zurückzulassen. Ich bin doch seine Mama!!!

Auch das Verhältnis zu Toni ist wieder gut. Mein Mann zeigte sich mir gegenüber sehr einfühlsam und verständnisvoll. Natürlich ist er über meinen Entschluss glücklich. Ich werde dich immer lieben, aber mein Platz ist hier bei meinen Kindern. Hoffentlich kannst du mir verzeihen. Werde im Norden glücklich und sicher findest du eine neue Liebe.

Deine dich über alles liebende Lisa

PS. Jemand wird in den nächsten Tagen kommen und meine Sachen bei dir abholen.

Schmerz breitete sich in meinem Körper aus. Mein Herz krampfte und mein Kopf war von den Tränen schwindelig. Zitternd las ich den Brief immer und immer wieder. Ich konnte es nicht glauben, dass alles vorbei sein sollte. Ich konnte kaum atmen vor lauter Tränen und Schluchzen. Alles um mich herum erschien mir dunkel und sinnlos. Am Liebsten würde ich auf meinem Bett liegen bleiben und nie mehr aufstehen. Noch konnte ich in der Bettwäsche Lisas Geruch wahrnehmen. Es konnte doch nicht sein, dass alles vorbei war. Da spürte ich, wie mich Timmy mit seiner Schnauze anstupste.

„Du bist mein Liebling. Du verstehst mich!" Weinend drückte ich mein Gesicht in Timmys Fell.

Wahrscheinlich war ich eingeschlafen, als mich das Klingeln meines Handys hochschreckte. Hoffnung keimte auf und ließ mein Herz schneller schlagen. War das Lisa, die anrief und ...

Meine Wunschvorstellung zerplatzte wie ein zertretener Luftballon. Am anderen Ende der Leitung war mein Bruder. Als er fragte, wie es mir gehen würde, brachte ich zuerst nur ein Schluchzen heraus, bis ich so weit war, mit tränenerstickter Stimme zu erzählen, dass Lisa mich verlassen hatte.

Leon gab sich alle Mühe mich, psychisch aufzumuntern. „Klara, schau nach vorne! Du kannst Lisa nicht zurückholen." Mein Bruder hatte gut reden. Wie würde er denn reagieren, wenn ihn Bernhard verlassen würde? Letztendlich schaffte es mein Bruder immerhin, mich aus meiner Lethargie zu holen. Ein neues Gefühl erfasste mich. Enttäuschung und Wut. Wut, die mich dazu brachte, im Keller alte Umzugskarton zu holen, um damit in Bastis Kinderzimmer zu gehen und seine Kleidung und Spielsachen darin zu verstauen. Dann ging ich ins Schlafzimmer und schmiss Lisas Kleidungsstücke, ihren Schmuckkasten, den Wecker, das Buch, das sie gerade angefangen hatte zu lesen, und anderen Krimskrams von ihr auf den Fußboden, um dann alles in den Umzugskarton zu stopfen. Anschließend trug ich die vier Kartons in die Diele, damit sich derjenige, der sie abholen würde, direkt nehmen konnte, um gleich wieder zu verschwinden.

„Komm, Timmy! Wir gehen jetzt eine große Gassirunde!"

Es tat gut, draußen in die Natur zu sein. Ich musste den Kopf frei bekommen von den depressiven Gedanken, um nach vorne blicken zu können.

***

Mein Herz schmerzte noch lange stark, wenn ich an Lisa dachte. Ich hatte sie verloren und manche Nacht weinte ich mich vor Sehnsucht nach ihr in den Schlaf. Mein Entschluss stand jedoch fest. Ich würde das Haus verkaufen und an die Ostsee ziehen. Dort hatte ich immerhin meinen Bruder und Bernhard, die mich stützen würden. Denn hier hielt mich nichts mehr. Und mit Timmy an meiner Seite konnte ich schon bald positiver in die Zukunft blicken.

Die Autorin

Petra Kania

wurde 1955 geboren und ist Diplom-Sozialpädagogin. Viele Jahre arbeitete sie als Lehrerin an einer Berufsschule für Erzieher*Innen und Kinderpfleger*Innen.

Ihre großen Leidenschaften sind neben dem Schreiben das Lesen, Malen und Harfespielen, mit dem sie nach einer schweren Krankheit begann. Heute ist sie Rentnerin und lebt mit ihrem Mann und dem gemeinsamen Cockerspaniel in Mönchengladbach.

Ihre Bücher

Petra Kania
Johanna, alles hat seine Zeit ...
Eine Frau findet zu sich selbst
Taschenbuch, 270 Seiten, ISBN: 978-3-96074-003-2

Johanna, seit vielen Jahren mit Martin verheiratet, führt nach außen hin eine intakte Ehe. Deshalb trifft es sie völlig unerwartet, als sie eines Tages bei einem Besuch in einer Buchhandlung Vera begegnet und sich Gefühle in ihr regen, die sie bis dahin nicht kannte. Plötzlich wird Johannas ganzes bisheriges Leben infrage gestellt und sie verfällt in eine schwere Depression – sie kann ihre eigenen Gefühle einfach nicht einordnen. Noch nie hat sie sich zu einer Frau hingezogen gefühlt ... Bevor Johanna zu sich selbst und zu ihrer Liebe zu Vera stehen kann, muss sie einen harten und beschwerlichen Weg gehen. Der führt jedoch letztendlich zu der Erkenntnis, dass sie, Johanna, nicht auf der Welt ist, um zu sein, wie andere sie gerne hätten ... und sie erkennt, dass alles seine Zeit hat.

Herzsprung-Verlag – www.herzsprung-verlag.de

Ihre Bücher

Petra Kania
Was sich in den Tiefen der Seele verbirgt
Taschenbuch, 152 Seiten, ISBN: 978-3-99051-016-2

Anne Fischer begleitet ihre ehemalige Psychotherapeutin Sanja Delft in ein Rustico am Lago Maggiore. Sanja Delft bietet dort einer Gruppe von Frauen Erholung für Körper, Geist und Seele.

Fünf Frauen erscheinen zu dem Seminar, jede mit eigenen Erwartungen und Problemen. Während Anne Fischer sich um die hauswirtschaftlichen Belange kümmert, kommt es bald zu Spannungen und Anfeindungen innerhalb der Gruppe. Als der cholerische Ehemann einer Teilnehmerin auftaucht, droht die Situation zu eskalieren. Doch niemand ahnt, dass dies erst der Anfang fürchterlicher Ereignisse ist.

Herzsprung-Verlag – www.herzsprung-verlag.de

Ihre Bücher

Petra Kania
Johanna und Vera
Taschenbuch, 126 Seiten, ISBN: 978-3-96074-041-4

Nach der Trennung von Martin führt Johanna eine glückliche Beziehung mit Vera, ihrer großen Liebe. Alles könnte so schön sein ...

Als Johanna und Vera aber nach der Hochzeit von Henning und Bernd auf dem Nachhauseweg überfallen werden, werden sie mit üblen Vorurteilen gegenüber Homosexuellen konfrontiert.

Im Sommer steht eine Reise an den Lago Maggiore an, die beiden Frauen wollen sich vom Alltagsstress erholen. Wäre da nicht Jennifer, Bernds Tochter, mit von der Partie, die für manchen Wirbel sorgt. Ihr pubertäres Verhalten und der Besuch eines ungebetenen Gastes stellen die Beziehung von Johanna und Vera auf eine harte Bewährungsprobe.

Herzsprung-Verlag – www.herzsprung-verlag.de